CONTOS de FOME e de SANGUE

Gisela Biacchi

CONTOS de FOME e de SANGUE

E ROTEIROS TÉCNICOS PARA NOVOS CINEASTAS

SÃO PAULO, 2019

Contos de fome e de sangue – E roteiros técnicos para novos cineastas

Copyright © 2019 by Gisela Biacchi
Copyright © 2019 by Novo Século Editora Ltda.

COORDENAÇÃO EDITORIAL: SSegovia Editorial
PREPARAÇÃO: Tamires Cianci
DIAGRAMAÇÃO: Manoela Dourado
REVISÃO: Andrea Bassoto | Silvia Segóvia
CAPA: Lumiar Design
FOTOS: Acervo pessoal da autora

AQUISIÇÕES
Cleber Vasconcelos

Texto de acordo com as normas do Novo Acordo Ortográfico da Língua Portuguesa (1990), em vigor desde 1º de janeiro de 2009.

Dados Internacionais de Catalogação na Publicação (CIP)
Angélica Ilacqua CRB-8/7057

Emanuelli, Gisela Biacchi
 Contos de fome e de sangue : e roteiros técnicos para novos cineastas / Gisela Biacchi Emanuelli. -- Barueri, SP : Novo Século Editora, 2019.

1. Ficção brasileira 2. Contos brasileiros I. Título

19-1850   CDD 869.3

Índice para catálogo sistemático:
1. Contos : Literatura brasileira 869.3

Alameda Araguaia, 2190 – Bloco A – 11º andar – Conjunto 1111
CEP 06455-000 – Alphaville Industrial, Barueri – SP – Brasil
Tel.: (11) 3699-7107 | Fax: (11) 3699-7323
www.gruponovoseculo.com.br | atendimento@novoseculo.com.br

Ao seu lobo interior.

Sumário

Introdução 11
Volk 13
Conto voraz 19
Doce Agnes 24
Pequena cena 29
Era uma vez 30
Licantropria 35
Vou morder sua carne 42
Zeit, Hunger und Blut 49
O lobo interior 53
Depoimento de Patel sobre o limiar
entre o vivo e o morto...61
Eco 67
Encontro..74

Roteiros técnicos para novos cineastas **79**
"Era uma vez"...81
"Volk"...97
"Conto voraz"... 115

Glossário para novos cineastas **125**

Fontes de imagens do mapa

Janela com grades
https://www.pexels.com/photo/abandoned-ancient-antique-architecture-235986/

Edifício confeitaria da praça
https://www.pexels.com/photo/photo-of-building-during-daytime-2768340/

Introdução

Coloque seu headphone e busque a música "Pulse" da banda sul-coreana de indie rock Guckkasten e comecemos esta viagem.

É popular o ditado que diz nunca sair de moda o romantismo. Na contemporaneidade, nenhuma década foi mais romântica que os anos 1980 e alguns mais avante.

No Brasil, inaugurava-se uma nova fase política, que dava vazão a uma efervescência sociocultural. Criatividade exponencial na música, na cultura pop e nas manifestações sociais, especialmente na moda, marcou as gerações de então e ainda influencia as atuais.

O movimento dark de meados daquela década, logo renomeado gótico, bem ao estilo inglês, retomou sua força na atualidade. A proliferação de filmes, livros e músicas animados por aquela subcultura dos anos 1980 tornou-se frequente e quase comum na segunda década dos anos 2000. Renovaram-se sucessos cinematográficos do passado, recuperaram-se histórias conhecidas, criaram-se novos heróis sob o molde original. A música, esta perdeu o elã. Uma ou outra composição atual atinge os acordes inéditos daquela década.

O alvorecer dos anos 1990 incrementou a estética do gótico com outros elementos do romantismo do século XVIII. Se os anos 1980, por um lado, foram criativos no contexto cultural, por outro simbolizaram a década perdida em termos econômicos.

Esse apodo, "década perdida", contaminou os anos 1990 e isso se viu refletido na nuance gótica dessa época. A melancolia e a introspecção caracterizaram o comportamento. A contemplação da arte, a volta ao estilo poético literário, as discussões filosóficas e o culto à solidão, à magreza e à fragilidade distinguiram o gótico dessa década e ele foi o reflexo da personalidade comum de quem seguia a tendência.

Os anos 2000 retomaram com sutileza os traços góticos, entretanto, enquanto nos anos 1980 e 1990 os atores sociais eram crédulos na possibilidade de os personagens e histórias ocorrerem, na modernidade não há mais lugar para ingenuidade.

Este livro não restaura histórias nem pretende reviver tendências góticas dos anos passados. Propõe uma viagem com imagens, sons e sensações que levará os incautos a mergulhar em sua feroz essência. Há, sim, uma tênue apropriação de seres criados por Ovídio, em *As Metamorfoses*, e por Bram Stoker, em *Drácula*, porém mescla influências com a perspectiva moderna.

De fato, lendo este livro, é possível imaginar que tudo isso que contamos acontece na casa ao lado ou com o colega de trabalho. É factível. Jamais saberemos ao certo. Exceto se o leitor for aquele afortunado que, um dia, conseguiu a proeza de comunicar-se consigo mesmo e, assim, viu-se revelado em sua mais crua e bestial natureza.

Felicidades.

G.
Em algum lugar, em todo lugar, em 2017.

· Volk ·

No dia anterior ela esteve inquieta e, durante a noite, o sono foi agitado. Acordava com frequência e percebia que Volk estava parado, olhando-a no escuro do quarto. Via os olhos brilhantes fixos nela. Ela ficava naquele torpor inebriante, entre dormir e acordar. Despertou com vergões vermelhos na pele e com o corpo dolorido. Mandou avisar que tomaria um banho e iria ver o Dr. Nikolai Grigoryan[1], seu médico.

Levantou-se e Volk se aproximou. Ela passou a mão no corpo dele, nas costas, na cabeça. Ele a tocou, roçou as pernas dela e emitiu um grunhido. Ela se dirigiu ao quarto de banho. Despiu-se. Entrou na banheira de água morna. Volk ficou a distância, olhando-a fixamente. Depois de algum tempo, aproximou-se e deitou-se no tapete ao lado da banheira para que ela lhe acariciasse a barriga. Ele grunhiu satisfeito.

— É que eu preciso dele, Dr. Grigoryan. Ele é meu guardião – disse Ania[2], referindo-se ao cachorro[3] que deixaram na sua

---

1 Nikolai, nome eslavo que significa algo como "O conquistador do povo, vitorioso", popularizou-se com São Nicolau, protetor das crianças. Já Grigoryan é um nome de origem armênia, com maior densidade no leste da Armênia. Possivelmente, caro leitor, estamos falando de uma época em que a União das Repúblicas Socialistas Soviéticas existia. Essa mistura entre um nome eslavo e um sobrenome armênio induz a essa possibilidade, uma vez que a Armênia era uma das soberanias que compunham a URSS. (esta e todas as outras notas de rodapé deste livro são da autora).
2 Ania, por sua vez, é um nome bastante feminino e delicado, significa graciosa e piedosa, bem ao perfil da nossa personagem. É um nome russo de origem eslava. Também usado como apelido de Anastásia, insinuando que nossa Ania é da elite russa.
3 O nome Volk para o cachorro pretende intensificar a aproximação do animal com sua dona. Volk (pronuncia-se "fólk") é uma palavra de origem germânica para designar pessoa ou povo.

porta ainda filhote. – Desde filhote ele dorme comigo e isso me tranquiliza. Ultimamente, ele tem saído de casa, o que me preocupa. Talvez isso esteja me deixando mais agitada à noite.

O médico prescreveu um opiáceo caso ela não conseguisse dormir e recomendou que mantivesse o animal do lado de fora da casa, sob pena de crises alérgicas.

Ania foi-se pela calçada. O dia estava cinzento, o vento varria as folhas de plátano fazendo pequenos redemoinhos. Na esquina da Rua Lenina com a Avenida Bolshoi[4] o vento parecia ter criado vida. Invadiu o vestido de Ania e quase levou seu chapeuzinho. Ania mal conseguia segurar o cachorro pela correia.

O bicho começou a ladrar enfurecidamente, querendo soltar-se da guia. Ania gritou com o cão, mas ele era mais forte, grunhiu e se soltou. Vento, folhas, vestido, cabelo, uma confusão na esquina de casa prenunciando a tempestade que se divisava no horizonte impediu que Ania contivesse o bicho.

Ania entrou em casa e ficou olhando pela vidraça o cinza-chumbo que se aproximava cada vez mais de sua janela. *Logo anoitece e estarei só...*, pensou Ania na longa noite que enfrentaria sem seu guardião. Andou angustiada pela casa até o anoitecer. Em alguns momentos pareceu ter escutado os grunhidos de Volk e até sentido os olhos dele em algum canto da casa.

A noite pesou sobre Ania, cheia de pesadelos e suores noturnos. Sentia como se alguém a observasse e lhe lambesse os dedos. A opressão dos sonhos a impedia de acordar e ela afundava cada vez mais nesse redemoinho bizarro de fantasias. A única coisa capaz de salvá-la era o amanhecer.

---

4 Esse é um endereço em São Petersburgo, Rússia e Bolshoi significa grande.

Depois que as horas da madrugada se escoaram, conseguiu libertar-se do labirinto que enfrentara à noite. *Após o desjejum irei por Volk*, pensou.

Chegou à porta e, ao abri-la, havia ali um homem parado, olhando-a fixamente. Ania ficou paralisada ao ver a imagem daquele senhor elegante, porém assustador. Ele a observava com olhos de cobiça e, nos lábios, tinha um sorriso perturbador.

Fechou rapidamente a porta; seu coração palpitava de medo. Se Volk estivesse com ela, sem dúvidas avançaria sobre o estranho. Ania ficou parada à porta por alguns segundos e, vagarosamente, reabriu-a. O homem não estava mais lá. Ela viu o céu cinzento e a chuva fina como linhas de costura intensas como um rio. Colocou a capa e saiu mais que depressa: era preciso achar Volk e evitar mais uma noite sinistra.

Havia exatos cinco anos que o cãozinho aparecera na casa. Até então, Ania sofria com maus pensamentos, ruídos e, por vezes, sentia que estava sendo observada durante a noite. Com a chegada de Volk, passou a acolhê-lo no quarto e seu sono tornou-se mais tranquilo. A fuga de Volk devolveu-lhe as madrugadas de terror, cheias de sussurros abomináveis e coisas viscosas.

Ania apertou os passinhos em meio àquela chuva fina incessante. A cada esquina chamava por Volk. As calçadas ensopadas inundavam seus sapatinhos. Embora fosse dia, estava escuro e sombrio e algumas ruas pareciam ameaçadoras.

– Volk! Volk!

Em dado momento, ela se viu nos subúrbios da cidade, ruas de pedra, casario antigo e simples. Lugar desconhecido e arrepiante para ela.

– Volk... – chamava com voz trêmula.

De repente, em uma curva de esquina, Ania viu parado sob a chuva e o céu cinzento, aquele homem de olhos de cobiça e sorriso perturbador. O medo tomou seu corpo; um arrepio gelado passou pela nuca; ficou estática, com os olhos apavorados. Gritou e saiu correndo, chamando por Volk. E aquele homem correu no encalço de Ania. Ela gritava aflita por Volk. Aquele homem horrendo! Ela escutava os passos dele logo atrás de si!

Exausta, Ania desesperou-se chamando por Volk. Em meio ao choro e à desesperança, errou o caminho e entrou numa rua sem saída, na continuação da Karpovskiy[5]. Cansada e tomada pelo desalento, chegou à parede e chamou Volk mais uma vez. Virou-se. E na extremidade oposta ela viu a silhueta de Volk vindo em sua direção. A felicidade a invadiu quando Volk pulou em seus braços, derrubando-a no chão. Ania riu, Volk lhe lambeu o rosto, as orelhas, o nariz. Fez-lhe uma festa!

Ania riu, fechou os olhos e riu de novo. Volk se acalmou e lambeu o pescoço de Ania. Lambeu vagarosamente o pescoço de Ania. Uma mão levantou-lhe o vestido e começou a lhe acariciar as pernas. Ania se assustou, abriu os olhos e, sobre ela, lambendo-lhe o pescoço, estava aquele homem execrável! Ania gritou. O homem fixou o olhar penetrante nos olhos dela e sorriu o mesmo sorriso perturbador. E antes que pudesse terminar de dizer *Volk*, ele mordeu o lábio dela, lambeu o sangue que lhe tingia a pele e grunhiu de satisfação.

---

5 O leitor sabia que São Petersburgo é cheia de becos? Assustadoramente coalhada deles. As ruas começam com um nome que desaparece pelo caminho, e vão se costurando inominadamente entre as velhas construções até desmembrar-se em becos. Tenha um mapa.

Conto voraz

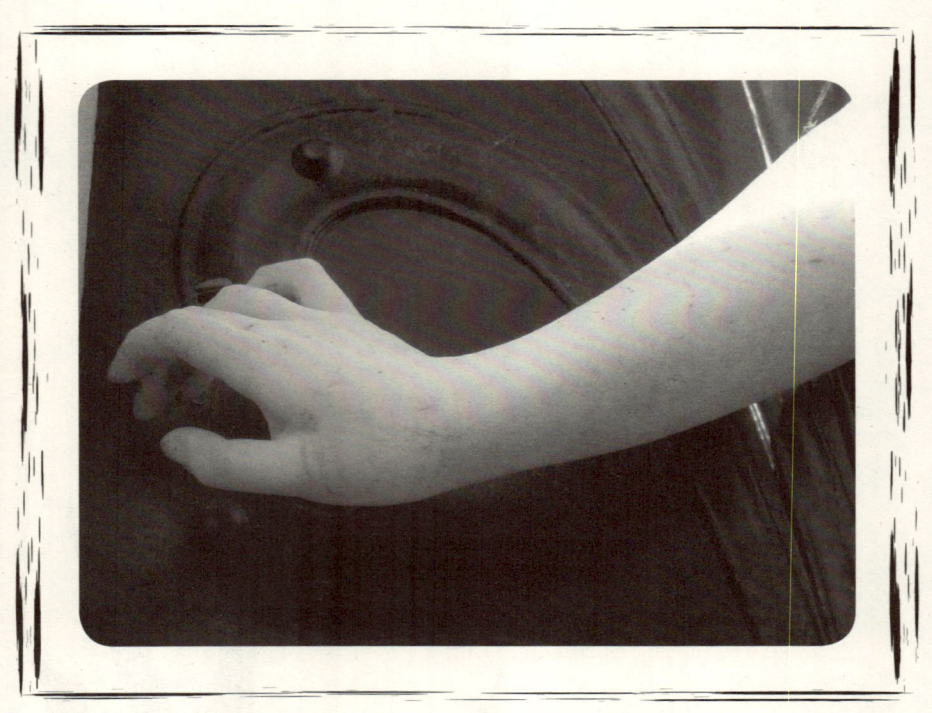

Todas as noites são iguais.
Uma fome indizível o acompanha.
Assim são todas as noites.

Ele segue pelas calçadas respirando a madrugada. Mãos nos bolsos, ombros curvados, cabelos disfarçando o olhar. Sua sombra vai-se esticando nas paredes, contornando as saliências urbanas. O som dos seus passos nas reentrâncias úmidas das calçadas o acompanha.

Se ele pudesse saciar sua fome! Essa fome que o devora e dele retira quase toda possibilidade de raciocínio.

Ele se contorce. Aperta o cinto. Contrai os olhos e solta um gemido abafado.

Essa maldição insolúvel de Sísifo[6] vai-lhe consumindo as energias a cada fim de dia. O despertar da Lua é sempre o prenúncio de mais uma madrugada de andanças e de agonia.

Em um par de horas, o sol vai expor sua força.

---

6 Sísifo era um deus grego inteligente e culto. Durante sua vida, enganou Zeus, Tânatus, Hades, Ares. Por aí, vocês podem antever que não era um sujeito muito benquisto. Morreu de velhice, e sua alma foi levada ao tártaro, o submundo dos mortos, lugar para onde seguem os pecadores e os deuses inferiores. Ali, foi condenado a rolar com as mãos uma grande pedra de mármore montanha acima até chegar ao topo. Toda vez que estava prestes a atingir o pico, uma força irresistível mandava a pedra montanha abaixo. Sísifo voltava a empurrar a pedra e assim está, por toda a eternidade de sua alma, fadado a esse inútil esforço.

À distância, avista o alpendre familiar. Vê que a janela de seu apartamento está aberta, mas as luzes, apagadas. Ela deve ter adormecido há muitas horas, é um bom momento para chegar em casa.

Avança pela porta principal, sobe as escadas. O edifício é da década de 1950, com a escadaria formando um caracol e o elevador parecendo uma gaiola com porta sanfonada. O charme decadente lhe parecia sedutor e ela gostava da janela da sala em forma côncava e da vista urbana que revelava.

Apoia a mão no trinco e atravessa o marco. A porta range ao fechar. Segue para o canto da sala que compõe a esquina do prédio e onde a janela abobadada ainda permite que a luz da Lua penetre no recinto.

Sobe no parapeito da janela e se posiciona com os joelhos flexionados. Fica observando o silêncio na rua como à espreita de algo. Os olhos buscam além da escuridão.

À espera de uma mudança, as noites passam e sua rotina permanece inalterada.

Ali, à janela, fica até os primeiros raios de sol tocarem seu rosto e, assim que sente o calor, entra.

Segue em direção ao quarto. Ele sabe que ela está lá. Sabe que dorme tranquilamente e confiante de que nada de mal poderá ocorrer. Sabe que ela confia nele. Seus passos parecem pesar cada vez mais à medida que se aproxima dela.

A porta está aberta e ele avança.

Ela está ali, contornada pela penumbra. Ele pode sentir a respiração suave de sua amada. Ah! E ele a ama! Como a ama!

Por alguns segundos esquece a fome. Fica ali, parado, observando a amada dormindo docemente. Senta-se na cama pensativo. Suspira e pensa em seu desespero e em sua condição inexorável.

— Uma noite a menos, *mein liebe*[7] — sussurra.

A fome aperta e vai exercendo todo seu poder sobre o homem. Toma-lhe o corpo, os nervos, a mente. Ele se contorce e tenta ignorá-la.

Eu preciso resistir a essa maldição!, pensa.

Ela desperta, abre os olhos vagarosamente e vê seu amado contraído de dor e de fome. Ela sorri. Pousa a mão naquela face aflita. Acaricia os cabelos de seu homem e puxa-o de encontro ao seu corpo quente.

Ela sente a pele fria dele e treme, ele quer se afastar. Ela sorri suavemente e o detém. Beija os lábios famintos do amado, que a abraça, envolvendo-a na brisa gélida da madrugada anterior. Ele a olha nos olhos e lhe diz, em meio ao sorriso, que tudo vai ficar bem.

Ele a abraça, beija-lhe a boca, afaga os longos cabelos, desliza os lábios por aqueles ombros pálidos e depois pelo frágil pescoço da mulher. Ela então o abraça, contém seu corpo e, assim, ele se alimenta, profundamente, do sangue amado.

---

7 "Minha amada" ou "meu amor", em alemão, use conforme sua predileção, leitor.

· Doce Agnes ·

Havia anos que ele não sentia aquele cheiro. Foi um lapso no ar, um cochilo do acaso, uma nesga de vento que por um átimo penetrou em suas narinas. Foi como um delírio, tão rápido que parecera irreal, mas suficiente para transtornar sua vida.

Queria acreditar que realmente sentira, mas depois de séculos e séculos, como acreditar que aquele aroma existia? E foi tão rápido, por tão poucos e fundamentais segundos!

Não queria pensar nem crer, mas voltara àquele mesmo ponto da calçada em busca daquela lufada essencial. O cheiro, que o anima e lhe dá sentido, havia muito tempo feito memória, existia mais uma vez em sua vida.

E assim o fez a cada fim de dia. Quando o disco vermelho de sol pintava o horizonte, ele saía. Contornava seu itinerário e curvava a esquina para estar àquela mesma hora, naquele mesmo ponto, em busca do aroma perdido.

Os dias passaram. As noites passaram.

Dez horas, onze horas, meia-noite... Ele ali, fixo, sério, como todas as outras noites – a diferença era que, dessa vez, farejou o discreto olor. Discreto, mas suficiente para seu coração acelerar e a respiração ficar mais forte. Havia algo no ar: o cheiro que só ele reconhece.

Seus olhos vasculham cada metro quadrado de área. Ele rastreia o ambiente, força os olhos mais além, distingue as pessoas e ao longe divisa o especial contorno de um vulto apressado que vem em sua direção. Uma mulher de cabelos longos, soltos, passos firmes sobre saltos.

Agnes[8] é esguia, de olhos escuros e penetrantes. É daquelas pessoas que precisam de mais horas no dia para realizar todos os projetos que lhe vêm à mente. Segue concentrada nas missões que se lhe impõe. Segue. Passa. E ele a espreita, põe-na em mira e a segue. No rastro de sua passagem, deixa aquele perfume que o enfeitiça. A boca dele saliva, ele morde o lábio inferior, sua respiração acelera. Quer alcançar-lhe o braço e puxá-la.

Ela para repentinamente frente a uma vitrine. Saca o telefone e põe-se a falar, olhando-se no reflexo do vidro. Ele recua. A longa e animada conversa que ela entabula deixa-o impaciente. Ele desliza pela calçada e se detém às costas dela. O cheiro lhe invade o espírito, ele fecha os olhos e joga a cabeça para trás, respirando fundo e regozijando-se.

Quando volta a si, ela já seguia em direção ao café da esquina. Ela entra e se senta à mesinha próxima à janela. Pelo lado de fora, ele observa os lábios rubros dela tocarem a xícara de café, e saliva. Seu desejo era encostar os seus nos lábios dela e morder a pele vermelha e carnuda daquela boca. As horas passam vagarosas.

Quando ela alcança a porta e sai sem muita atenção, ele segura seu braço e fala:

---

8 O nome Agnes pode ter origem grega, senhores, mas também é associado à palavra romana para cordeiro, *agnus*. Durante o **Império de Diocleciano** (imperador romano entre 284 a 305 depois de Cristo), uma mulher de nome Agnes foi perseguida e martirizada por suas crenças cristãs. Foi beatificada e tornou-se conhecida por Santa Agnes, e é comumente representada com um cordeiro a seu lado. Saliento que, no reinado de Diocleciano, o cristianismo estava por todos os lados do **Império Romano** e os que não reconheciam a divindade do imperador eram perseguidos, detidos e, algumas vezes, sacrificados.

– Agnes!

Ela, em meio ao susto e ao assombro, mira fixamente os olhos dele e, sem chance de falar, ele lhe beija a boca. Desliza sua mão pelo braço dela, segura forte a mão de Agnes, pega-lhe pelo quadril e invade com sua mão o corpo de Agnes. Ela, que estava entregue àquele beijo estranhamente familiar, recompõe-se e o afasta com violência. Foge correndo.

Ele ri e olha sua mão lavada em sangue. Senta-se junto à parede de um beco e começa a lamber os dedos, rindo-se de satisfação:

– O negativo! – regozija-se!

Pequena cena

Neva densamente. O chão está coberto e não se enxergam mais que três metros à frente. Caminham pela neve, por entre as bétulas desfolhadas. Caminham oito vezes quatro patas. É manhã, porém o sol ainda dorme. Guinchos. Todos andam pela neve por entre as bétulas. O alfa olha, os demais passam, o alfa segue. Ainda está escuro. Ofegantes, andam. Olhos estranhos observam por entre as árvores. Grunhidos. O tênue limiar territorial está logo ao lado. Rosnados. Andam pela neve. Andam apressados. Línguas de fora. Correm pela neve. Correm sete vezes quatro patas.

Não era linda. Nem sequer bonita. Tinha, entretanto, sua beleza, algo atraente. Talvez o exotismo dos olhos e a seriedade da boca. Certo mistério cercava aquele semblante; parecia que ela olhava dentro do interlocutor. Ao menos eu me sentia assim, virado, invadido, impedido de esconder qualquer coisa dela.

 Ela me olhava e eu tremia. Procurava não demonstrar, tentava esconder a reação que ela instigava em mim. Provocativa é a palavra certa. Ela não precisava fazer muita coisa para eu me sentir provocado. Bastava olhar para aqueles olhos e me sentia ameaçadoramente atraído, como se ela fosse um precipício mortal.

 Ela era tentadora, apesar da vontade e do medo que me consumiam ao vê-la. Queria tocá-la, morder sua boca, agarrá-la pela cintura e puxá-la contra meu corpo. Mas havia algo que me impedia, uma estranheza em seu olhar. Quando a olhava e apertava os dentes de desejo e ela retribuía meu olhar, eu recuava. Não conseguia.

 Dizem que captamos odores que o cérebro decodifica, mas não necessariamente os distinguimos no nariz. Talvez fosse isso, talvez ela tivesse um perfume hipnótico que me perturbava e me fazia tremer quando me olhava. Por mais que receasse tocá-la, eu a desejava imensamente. Ficava aturdido ao ver seus lábios carnudos e corados e seus olhos enigmáticos.

 Eu a via diariamente na confeitaria da praça. Ela se sentava à mesa do canto e de lá me observava. Confesso que, embora gostasse muito do éclair com recheio de creme de baunilha, não era esse o motivo da minha visita – ia lá somente por causa dela. Precisava vê-la todos os dias. Isso me animava e me perturbava. Não sei explicar, mas eu gostava daquilo.

Certa vez, quando chegava à confeitaria, a vira sair. Sequer hesitei, fui atrás dela. Segui-a. Ela entrou repentinamente em um átrio. Apressei o passo. Quando cheguei, lá estava ela parada, olhando-me. Assustei-me e ela, em ato contínuo, agarrou-me pela gravata. Puxou-me contra si e me arrastou para dentro do edifício.

Meu coração disparou. Ela me conduziu para aquele interior estranho. Sentia-me temeroso, porém inteiramente entregue. Eu a queria e estava na expectativa do que pudesse acontecer. Sentou-me em uma poltrona e se afastou. Enquanto andava, fiquei analisando seu corpo.

A sala era ricamente decorada, os estofados tipo Luiz XVI[9], as cortinas pesadas e fartas. Eu, sentado no sofá; ela, em pé, servia uma bebida. Ela passou os dedos sobre o *bombée*[10] enquanto se dirigia até mim. Encostou os lábios na taça e me olhou. Eu gelei...

Ela subiu em meu colo, entregou-me o cálice e me disse que estava faminta. Subiu com uma rapidez extraordinária, apoiou as mãos nos braços da poltrona, acavalou-se em mim e aproximou seu rosto do meu, olhando-me fixamente nos olhos e esboçando um sorriso. Fiquei petrificado! Sobressaltado, tentava segurar o cálice gelado. Ela ficou assim durante alguns segundos que pareciam minutos. Comecei a latejar embaixo dela, achei que iria explodir dentro da calça.

---

9   Este estilo revolucionário, implementado por Luiz XVI da França, mescla o estilo anterior, o rococó, com linhas limpas, iluministas. As poltronas são elementos marcantes dessa escola.
10 O *bombée* aqui é uma cômoda de frente arredondada, mais ao estilo Luiz XV.

Então ela se inclinou sobre meu ombro, senti seu perfume delicioso, fechei os olhos e fiquei ali, sentindo a suavidade dos cabelos dela roçando meu rosto, sua delicada respiração em meu ouvido e meu sangue latejando... Sentia-me excitado, embarcando em uma viagem alucinógena... De repente, ela me mordeu! Mordeu-me dolorosamente! O que era aquilo? Ela estava ali, grudada em mim, mordendo-me o pescoço!

Dor! Dor paralisante. Dor que me impedia de respirar! Quase desfaleço! Atordoado no meio daquela violência, percebi que ela me olhava novamente e que sua boca, seu queixo, seu pescoço estavam inundados com o meu sangue! Uma visão horripilante, mas eu não conseguia me mexer, estava fraco demais. Sem que pudesse fazer algo e mesmo sem querer me defender disso, ela me deu o sangue dela para beber.

Bebi, bebi todinho. Bebi e me lambuzei. Amei aquele doce e viscoso líquido que me invadia a boca, cobria minha língua e descia pela garganta, quente, denso. Joguei a cabeça para trás com satisfação e sorri um sorriso inundado de sangue. Delícia! Olhei para ela, que estava sorrindo, e então nos beijamos pela primeira vez. Isso foi em meados de 1920,[11] em Berkovitsa[12], na Bulgária.

---

11 Saibam que a década iniciada em 1920 foi apelidada de "Os loucos anos 20". O pós-guerra trouxe crescimento econômico, pois tudo precisava ser reconstruído. Para as mulheres, representou uma liberdade nunca antes vista: podiam sair sozinhas à rua, frequentar casas de chá e, até mesmo, bares noturnos! A moda refletia muito disso, cabelos curtos *à la garçonne*, roupas mais folgadas, vestidos na altura do joelho.

12 Berkovitza, Berkovica, Berkovitsa é uma cidade de aproximadamente 12.000 habitantes localizada na Bulgária, próxima à fronteira com a Sérvia. É caracterizada pelo relevo montanhoso dos Bálcãs. Ela está lá, na crista balcânica.

· Licantropria ·

*Para ser lido escutando continuamente
a música "Hal", de Yasmine Hamdan.*

Zita[13] está sentada na poltrona junto à porta da sacada. A brisa da tarde anima o *voil* da cortina e refresca a biblioteca. Lê a obra de um autor pouco conhecido, de talento irrelevante, apenas por estar escrita em alguma língua eslava. Na tarde cálida para um dia de inverno, a lareira, entretanto, fora mantida acesa, preparando o ambiente para as baixas temperaturas da noite. Haveria um jantar na casa e os comensais acudiriam logo após o anoitecer.

Aquela tábua solta no piso do corredor estala, e Zita olha em direção à porta de acesso ao cômodo. Logo Dinke[14] aparece e caminha em direção a ela. Ele se aproxima da poltrona e roça suas pernas nas pernas dela. Ela passa a mão pelo corpo dele. Dinke se deita no chão e expõe a barriga. Zita o acaricia, deixando que os pelos macios dele entrem por seus dedos. Ela o afaga no pescoço e segue pela cabeça. Ele entreabre a boca com satisfação e a fita com seus olhos azuis cristalinos.

Zita se levanta, deixa o livro sobre o assento da poltrona e some no corredor da casa. O piso estala. Dinke olha confuso para os lados, mas permanece deitado no tapete. Passa a observar o jardim pela porta da sacada, como se antevisse a rapidez com que

---

13 Na Toscana, esse nome é o diminutivo de Felicitás. Neste conto, entretanto, Zita é um nome forte e raro. A inicial Z insinua essa força, concordam?
14 Para fazer um belo e sonoro par com Zita, vamos conhecer Dinke.

aquela tarde se esvairia, como se soubesse que a noite chegaria mais cedo naqueles vinte e um dias de dezembro[15].

Em pouco tempo o sol já se inclina no horizonte, as árvores do bosque vizinho filtram os raios, desenhando feixes de luz na névoa que sobe do solo úmido. É uma visão fantasmagórica, mas encantadora. As cores alaranjadas, rubras e douradas do pôr do sol tingem a cerração, que se move lentamente por entre a folhagem, invadindo a escuridão. Um efeito fugaz diante da densa noite que se aproxima inexoravelmente.

As janelas e as portas são fechadas e velas foram acesas no interior da casa. O brilho delicado das chamas atravessa os cristais das lamparinas. O crepitar das chamas logo será abafado pela música de um cravo barroco. Compõem a mesa de doze lugares a melhor porcelana russa, o mais delicado cristal do leste e a mais brilhante prata das Terras Novas[16]. A toalha imaculadamente branca tecida com algodão de longa fibra fora bordada com fios brancos de seda chinesa. As flores vieram direto do jardim e suas delicadas pétalas ainda brilham orvalhadas. É o perfeito cenário para comemorar o solstício.

Os convivas são recepcionados por Zita e Dinke. Entre os visitantes, Zita deseja ardentemente Nicolai[17], um homem alto e

---

15 Vocês sabem, não é? Este não é um dia qualquer, é o dia do solstício de inverno no hemisfério norte e de verão no hemisfério sul pelo calendário Gregoriano, o nosso. Como a noite chegaria mais cedo, Zita e Dinke encontram-se no norte do mundo. O dia será curto e a noite será longa.

16 Terras Novas, meus caros, é exatamente aqui onde estamos, no Continente Americano. Percebam que a dona da casa possuía o que de melhor havia em serviço de mesa.

17 Nós já vimos um personagem de nome Nikolai em um conto anterior. Aqui, vemos uma versão que soa mais latina, mas não perde sua origem eslava. O que deixei de contar a vocês é que um santo com este nome também é o protetor dos lobos.

esguio, de ombros largos, cabelos escuros e olhos negros profundos. Sua aparição no átrio arrepia os pelos do cão. Zita precipita-se em direção a Nicolai, pode-se ouvir seu coração disparando. Estende a mão e lhe dá boas-vindas. Durante a noite, seus olhos encontram os dele eventualmente. À mesa, sentam-se distantes, de forma que a ânsia de tê-lo mais próximo tira-lhe o apetite. Zita apenas bebe do vinho servido. Dinke a ladeia durante o jantar, sem se deixar afetar pela frieza da dona da casa, mesmo quando lhe lambe os dedos.

    A conversa segue animada. Os sons dos talheres e das taças tilintam acompanhando o ritmo das obras de Bach[18] tocadas pelo cravista. Ao final, todos se encaminham para a biblioteca, onde serão servidos digestivos e charutos. Dinke caça Nicolai, olhando-o firmemente e, por vezes, rosnando baixinho. Nicolai detém-se ao pé da lareira e para lá Zita se dirige. Assim que ele a encara fixamente nos olhos, Zita sabe que na noite mais longa do ano ele estará com ela em seu quarto. Não precisam falar muito, nada há a dizer. O desejo de ter Nicolai cala Zita e ele a corresponde. Dinke, enciumado, junta-se aos dois, tentando marcar seu território.

    As pessoas começam a se despedir, uma a uma vão saindo, inclusive Nicolai. Ao lhe apertar a mão no vestíbulo, Zita passa-lhe a chave da casa e despede-se com um "até breve". Dinke e Zita recolhem-se ao quarto; enquanto ela se despe, ele estica-se na cama, seguindo os movimentos dela com a cabeça. Após alguns

---

18 Não poderia ser outro o compositor para ambientar esse jantar. Johann Sebastian Bach mostrou desde cedo seus talentos. Envolveu-se com o coro da igreja ainda menino e esteve bastante voltado ao tema religioso durante toda a sua vida, sendo devoto à Igreja Luterana. Bach tem uma obra vastíssima, na qual o cravo tem presença significativa. Assim, imaginem Bach nesse ambiente, conferindo certa sacralidade ao enredo.

minutos, Zita surge em uma camisola branca translúcida. Deita-se e aguarda acordada. Já não está certa de que Nicolai aparecerá e a ansiedade não a deixará dormir durante aquela longa noite.

Dentro de uma hora, a tábua solta do corredor estala. Dinke acorda e sai rapidamente do quarto. Zita senta-se apreensiva na cama. No corredor há uma grande janela estreita e alta, através da qual a luz fria da Lua estica a sombra das coisas. Zita vê a sombra de um homem invadir o corredor e, em seguida, a do cão. Nicolai viera e Dinke rosna. A tensão emudeceu Zita. Ansiava por Nicolai, por sentir o peso dele lançando-se sobre seu corpo, por sentir a respiração dele em seus cabelos, em seu ouvido, por respirar o hálito quente dele. O torvelinho de pensamentos e desejos foi interrompido pelos ruídos do embate.

Um duelo se fez naquele solstício. O homem querendo dominar a fera e a fera querendo devorar o homem. Os olhos azuis cristalinos do cão traziam mais frio àquela cena. Seus dentes crispados refletiam os feixes prateados da luz que atravessava a janela e gelava o ambiente. Dinke rosnou, latiu e avançou sobre Nicolai, que sacou uma adaga de lâmina dupla. Dentes expostos, mandíbulas contraídas, sangue, músculos tesos, sangue, mordidas, adaga ensanguentada, gemido. O vencedor chegou ofegante e lavado em sangue à porta do quarto de Zita.

Nicolai olha-a com ferocidade. Larga a faca e aproxima-se da mulher. Inclina-se sobre ela, que estava deitava sobre os lençóis acetinados. Nicolai lambe-lhe a nuca, cheira seus longos cabelos, desabotoa a camisa, expondo seu forte torso masculino. Zita desliza a mão pela pele de Nicolai, delineando os ombros, os braços, o tórax, e faz com que os poucos pelos do abdômen passem por entre seus dedos. Ele a fita nos olhos ainda ofegante, a saliva escorre por sua língua, o suor pinga de sua testa. Zita sente o hálito quente e a pele úmida de Nicolai, a mão forte e máscula segurando suas espaldas e os lábios macios dele em seu ventre. As horas passam lentas, cada minuto cuidadosamente absorvido e consagrado ao deleite das mentes e dos corpos.

A manhã chega devagar, banhando o quarto com a luz filtrada pelas cortinas. O inverno começara, mas o Sol ainda surgia no horizonte. A habitação estava fresca e os amantes, envoltos nos lençóis. Nicolai desperta e acaricia o braço de Zita, desliza sua mão pela curva do ombro, afasta as mechas de cabelo, cheira-lhe o pescoço, beija-lhe o arco da orelha. Zita olha-o e sorri, afaga-lhe o rosto e se entrega em um beijo suave e lânguido. Nicolai deita o torso sobre o peito dela. Corpos ardendo. Um peso... Um peso? Um peso é sentido sobre a cama, um peso, um olhar azul cristalino, um rosnado. Zita e Nicolai olham assombrados a efígie deformada de um cão, uma cabeça de Cérbero[19]. Amantes nus, indefesos, outrora imersos no desejo, encaram um terrível destino. Dinke, essa entidade que assombrava Zita e agora Nicolai, rosnando soberano sobre eles.

Finis.

---

19 Meus caros, ninguém neste mundo gostaria de encontrar-se com Cérbero. Trata-se do cão assustador de três cabeças, guardião dos portões do submundo. Cuida para que de lá não saiam as almas e para que lá não entrem os vivos. Mortais que se atrevem são imediatamente devorados por Cérbero.

· Vou morder sua carne ·

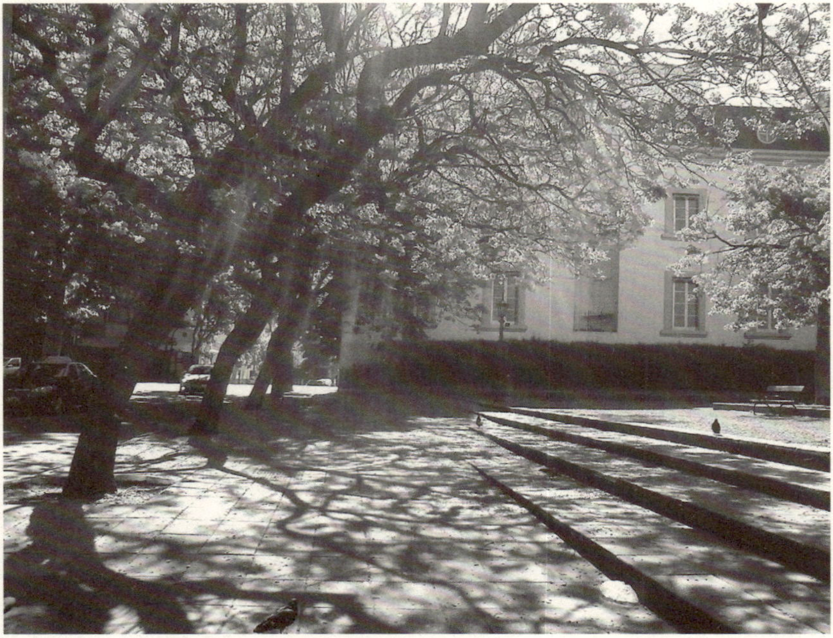

O leitor deve escutar "Agnus Dei, op. 11", de Samuel Barber, ao ler este conto.

N[20]ord foi designado para uma função em Köln. Era-lhe interessante passar algum tempo na Renânia[21], além de atender à Alemanha, e estaria próximo da Bélgica, de Luxemburgo e dos Países Baixos, podendo atuar ali também. Estabeleceu-se no quarteirão das ruas Cornelius e Severin[22], justamente para estar próximo à abadia. Nas sextas-feiras, ao entardecer, Nord se esgueirava pelo jardim da Abadia de São Severino[23], sentava no banco que ficava recolhido entre os antiquíssimos ciprestes e aguardava.

Alina[24] surgia das sombras sempre a oeste, atravessando o pequeno bosque que cercava um campo santo. Aproximava-se discretamente, despontava por entre os ciprestes. O roçar das folhas em sua roupa anunciava sua chegada. Ela dizia que somente poderia vê-lo à noite e em local improvável, assim indicara esse ponto na cidade, tão conveniente para ele. Não sabia o que ela

---

20 Soa forte? Sim, Nord é um forte.
21 A Renânia é a área a oeste da Alemanha cortada pelo rio Reno que faz fronteira com a França, Luxemburgo e Bélgica. Köln (Colônia, em português) é uma das maiores cidades alemãs e situa-se na parte mais ao norte da Renânia.
22 Esse é um quarteirão interessante de Colônia, com um formato trapezoidal.
23 A Abadia de São Severino é uma das doze igrejas romanas da parte antiga da cidade de Colônia e fica próxima ao endereço onde Nord se estabeleceu.
24 Costuma-se dizer que quem tem Alina como nome tem a melhor alma que se possa encontrar. A partícula "-ina" é um diminutivo, trazendo aquela aura de feminilidade e delicadeza a nossa querida Alina.

fazia, mas sabia o que fazia com ele. Nord sentia-se irremediavelmente atraído por ela, era algo mais forte que ele, algo sobre o qual não tinha o menor controle. Salivava por ela, sentia que sua boca se inundava de desejo, queria devorá-la.

 Naquela sexta-feira, nublou cedo e o dia nem sequer brilhou. A tarde esteve úmida e a chuva chegara, enfim, no começo da noite. Nord mal sentara e Alina surgira como um espectro por entre o cipreste escuro. Vestia uma camisa branca de algodão fino que abotoava nas costas. A gola redonda debruada com rendinha dava ao semblante dela uma aparência juvenil. A saia de lã fria expunha os joelhos assim que ela sentava. Nord precisava tocá-la. Notara Alina no começo do mês, no Göttlich Kaffee do Eisenmarkt[25]. Ela estava no balcão, observando-o passar pela porta. Olhava-o como se já o tivesse visto e, assim que Nord acomodou-se na mesinha próxima a uma lareira, Alina se apresentou. Conversaram sobre a Renânia, sobre a Abadia de São Severino, e, a partir daquela tarde, encontraram-se todas as sextas-feiras para conversas demoradas nos jardins da abadia.

 Nord precisava tocá-la. Pousou sua mão quente sobre o joelho de Alina e sentiu a saliência dos ossos sob a pele. Passou o braço por trás da cintura de Alina e puxou-a de forma que ela ficasse de costas para ele. Olhou a fileira de botõezinhos. Partiam do cós da saia e subiam pela coluna até alcançarem o arremate da gola da camisa. Era encantador. Nord abriu os botões um a um, expondo a pele de Alina, que ia umedecendo com a chuva. Abria vagarosamente a camisa de Alina. Afastou o tecido e pensou no

---

[25] "Divino Café" é o nome da nossa cafeteria em alemão. O Eisenmarkt é uma área na parte antiga da cidade, com restaurantes e cafés à beira do rio Reno.

pecado que estava por cometer. Deteve-se. Pensou em toda devoção a que se submetia em nome da prelazia pessoal[26]...

Mas ninguém está vendo, ninguém sabe!, pensou.

As gotas frias sobre sua testa escorriam pelas têmporas e morriam no colarinho de sua camisa.

— Vou morder sua carne, Alina — disse Nord, aproximando-se das costelas de Alina e mordiscando sua pele. Ela soltou um gemido.

— Não gema! Não gema... Alina, não gema. Quero morder sua carne em silêncio. Deixe-me chegar devagar, acariciar sua pele, cheirá-la, beijá-la suavemente. Quero mordê-la em silêncio, Alina.

Era noite já. Gotas miúdas e espaçadas de chuva pintavam as vidraças. A luz dos postes brilhava nas gotas. A rua de pedras resplandecia como se fora espelhada. Nord e Alina jaziam naquele banco de jardim havia algum tempo, as folhas dos arbustos cintilavam, o silêncio era quebrado apenas pelo som leve da chuva. Alina debruçara-se no encosto do banco, expondo as espáduas para ele. Nord espalmou as costas dela, sentindo todas as saliências das costelas, da coluna, do pescoço. Segurou-a forte pelo tórax e aproximou a boca, expondo os dentes. Beijou-lhe a pele e mordiscou. Alina contraiu o cenho e mordeu o lábio. Soltou um gemido quase inaudível.

Nord seguiu em seu propósito, subindo pelas espáduas de Alina, alcançando a nuca. Puxou Alina para si com força.

A chuva molhava Alina. As gotas escorriam em suas costas brancas. A alvura da carne de Alina contrastava com a noite densa, o verde-escuro, as sombras lúgubres. Nord estava em júbilo por ver tamanha beleza e entrega. Alina era toda dele naquele

---

26 A primeira prelazia pessoal fundada foi a Opus Dei e está ligada diretamente ao papa. Congrega clérigos (padres) e leigos que se dedicam à pastoral da Igreja Católica. Eles não têm jurisdição ou atuação limitada a territórios, pastoreiam onde quer que estejam.

momento, poderia beber a água que escorria naquela pele de marfim e poderia ter Alina, se quisesse. A bela Alina, uma mulher de pele outonal, suavemente branca, contrastando com cabelos avelã presos em um espeto de marfim. Seu rosto, salpicado de pequenas sardas castanhas, ostentava olhos amendoados na moldura de grandes cílios. A boca vermelha levava uma caprichosa pinta no topo do biquinho do lábio superior, e as maçãs a ladeavam com um rubor discreto. O cabelo preso expunha as orelhas pequenas e delicadas, onde Nord queria falar palavras doces e quentes.

Alina deslizou seus dedos frios nas mãos de Nord. Ele sentia como se as mergulhasse num poço gelado. Arrepio. Estava completamente absorto pela beleza de Alina, pela figura sedutora daquela mulher. Alina virou-se e olhou-o nos olhos. Nord fechou-os e Alina se aproximou.

Quando foi? Alguns meses atrás que ele a viu na floricultura? Ou foi no culto no Mosteiro de Tatev? Ou na Páscoa, quando esteve em Kiev? Sentia como se Alina estivesse presente em vários momentos de sua vida. Ele a conhecia de algum lugar pretérito além do café, mas não saberia precisar se haviam sido apresentados em alguma ocasião. Não importava. Delirava por ela. Era insuportável estar tão perto e não a ter. Precisava resistir? Já não sabia, o discernimento lhe escapava, não tinha mais juízo ou equilíbrio. Seus votos já não estavam claros, não eram significativos ou suficientemente fortes para que lembrasse como agir. Mortificação. Nord acreditava na mortificação, talvez esse fosse o caminho de sua salvação diante de Alina. Precisava mortificar-se, afastar-se de Alina. Usar o cilício[27]?

---

27   O cilício é, há muito tempo, usado para incomodar a pele. É uma espécie de suplício por meio de uma faixa de tecido áspero, como estopa, ou mesmo de metal, amarrada ao corpo. O objetivo é incomodar, não necessariamente perfurar a pele. Essa mortificação pelo tato é eficaz para pôr em ordem nossos

— Alina... — disse em um suspiro. Nord a desejava.

Ele ali, com as mãos naquela pele de porcelana, de olhos fechados, dominado, completamente sobrepujado pelo feitiço de Alina, e ela se aproximando. Ele já sentia sua respiração bem próxima à sua boca.

— Mulher infernal! Quero tanto tua carne! — falou Nord com os dentes cerrados, apertando a mandíbula.

Alina beija-lhe a boca suave e profundamente. Nord tentou se afastar, porém ela o segurou com força, prendendo-o naquele beijo interminável. Algo quente e doce começou a encher-lhe a boca. Inundou sua língua, vazando pelos cantos; era denso e adocicado. Era sangue? De onde viria isso? Nord riu em gargalhadas, segurou os braços de Alina e inclinou sua cabeça para trás, gargalhando. Estava em êxtase incontrolável. Rosto vermelho, a língua, os lábios, o pescoço embebidos em sangue.

Alina olhou docemente a cena. Rosto impávido, tranquilo. Viu o semblante inebriado de Nord, que abriu a boca num sorriso. O sangue escorrendo pela face, pelo queixo anguloso, o caldo da vida tingindo-lhe o pescoço, as veias pulsantes. Alina avança, avança rápido com sua boca escancarada, lambe o sangue naquele pescoço exposto, seus dentes brotam pontiagudos. Em um movimento mais que veloz, crava as presas na carne de Nord. Ele golfa sangue pela boca, espirra para o alto um jorro vermelho. Golfa, engasga, arregala os olhos, perde o equilíbrio. Alina está sobre ele, grudada naquele pescoço grande e forte. Nord desfalece. Nord morre. Alina levanta, sai e desaparece por entre os ciprestes úmidos.

---

pensamentos e atos, impedindo que nossa carne corrompida governe nossa alma.

· Zeit, Hunger und Blut ·

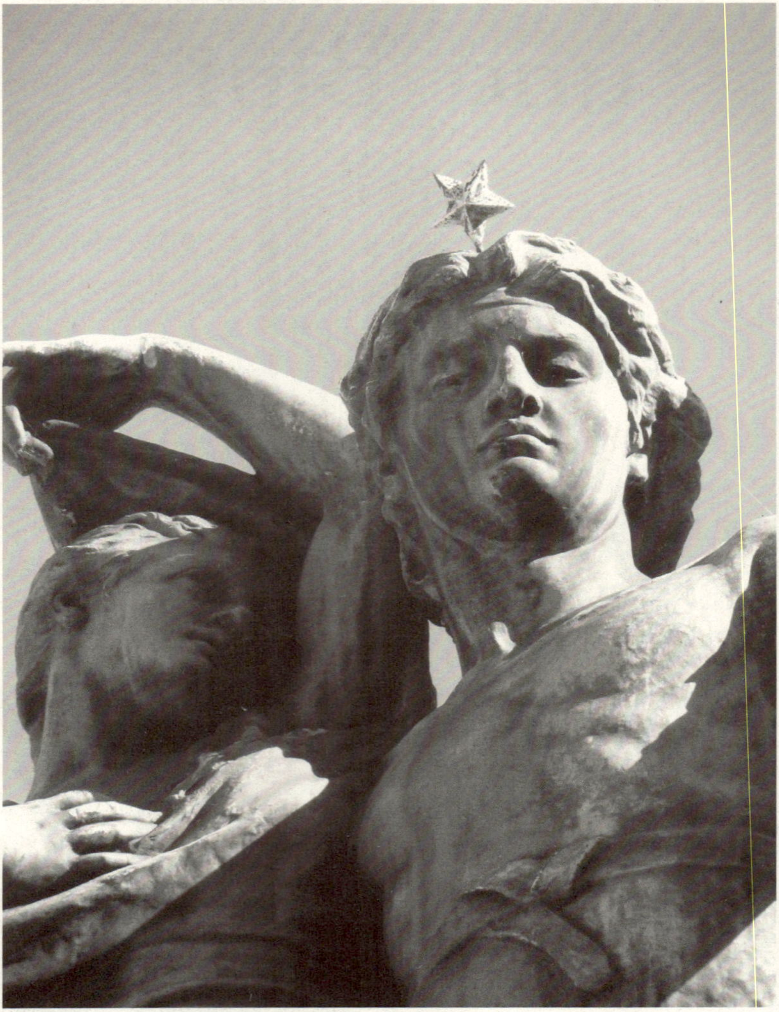

"Schwindelig", de Kollektiv Turmstrasse Wanderlust
Rhodes Remix, anima este conto.

Eram cinco horas. Chegaram energizados. Deitaram olhando para o teto, surpreendidos pelo deslumbre da madrugada. Foram juntos noite adentro. Caminharam pelas calçadas. Sentiam-se livres. Sentiam-se felizes. Pressentiram que havia muito a celebrar juntos. Correram de mãos dadas, olharam-se, sorriram. A noite ia escura e brilhante. As luzes pareciam faiscar mais conforme o avanço das horas. Os sentidos ficaram cada vez mais apurados. Correram juntos.

Esgueiraram-se por sobre a cama. A felicidade quase não cabia neles, o fascínio da aventura pela qual acabaram de passar era maior do que podiam conter. Apoderava-se deles e lhes escorria pela boca. Foram ao Kraftwerk Berlin[28], na Köpenicker Strasse. Era o perfeito cenário para eles, o estilo industrial inacabado, a dureza do concreto exposto, a confusão ótica pelo efeito das luzes dos estrobos, a música, as gentes, as carnes, os cheiros. Arrebatadora hipnose para eles.

Estavam os dois sobre os lençóis de cetim. Opostamente deitados. Acordados, olhando para o teto, para o contexto daquele dia que alvorecia. Parecia tudo tão claro, fresco e renovado! Uma alegria silenciosa jazia ali. Eles se deleitavam com a textura suave do cetim e o brilho ameno que se refletia neles. Rolavam sobre a cama, eventualmente se olhavam e sorriam. Um sorriso encarnado.

---

28 Inaugurado na mesma época do muro de Berlim, o gigantesco local era a usina de energia do lado oriental. Operou até 1997. Desde 2007, abriga grandes eventos e apresentações. Seu endereço é Rua Köpenicker, 70. *Kraftwerk* significa estação de energia em alemão.

Bocas, olhos, sorrisos, mãos, pernas, pés. Corpos suaves, mentes conectadas. Celebração do êxtase. Algumas horas antes andavam famintos, quem diria? No entardecer daquele dia, acordaram doentes. Mal abriam os olhos. As bocas, escancaradas e estéreis, nada falavam. Não era um torpor, não era uma fraqueza, era uma desidratação intensa. Suas peles estavam como que grudadas nos ossos, as carnes pareciam secas e enrijecidas. Um fim inexorável parecia aproximar-se.

Eis que alguém bate à porta. Um anjo salvador certamente! Uma boa alma enviada para ajudá-los a sair da prostração. Alguém para lhes alcançar algo de beber, que pudesse intumescer-lhes o corpo, os olhos, a boca. Estavam salvos. Novamente escutam as batidas insistentes. Os dois lentamente levantam-se e caminham vagarosamente até a porta. Um trajeto curto, porém demorado, sofrido, árduo. Ele envolve a maçaneta com a mão e abre a porta, ela espreita pela fresta.

O carteiro fica ali, mirando aqueles olhos fundos do outro lado da porta. Estende a correspondência e ela estica o braço muito fino e branco. Ela segura a mão do carteiro. Ela o olha com olhos de cobiça. Ele se assusta, mas sente-se cobiçado. Há um curto lapso de tempo entre eles, ali, parados, porém poderiam descrever toda a cena. Por fim, ela o segura e o puxa para dentro da casa.

Engel segurou o carteiro por trás, pelos braços. Stelle bebeu um litro e Engel, o que sobrou. A vida lhes invadia novamente. Fortalecidos, foram para o Kraftwerk Berlin, na Köpenicker Strasse. Os fachos de luz, a intermitência luminosa, os claros e escuros, mimetizavam Engel e Stelle em meio à agitação. O som atordoante da música abafava as vozes. Engel e Stelle serviram-se na multidão, da multidão.[29]

---

29 Não haveria nomes mais apropriados para combinar a foto inaugural, o conto e nossos personagens. Engel é modernamente associado à palavra anjo, e Stelle, à palavra estrela. Em tempo, o título desta história pode ser traduzido por "Tempo, fome e sangue".

· O lobo interior ·

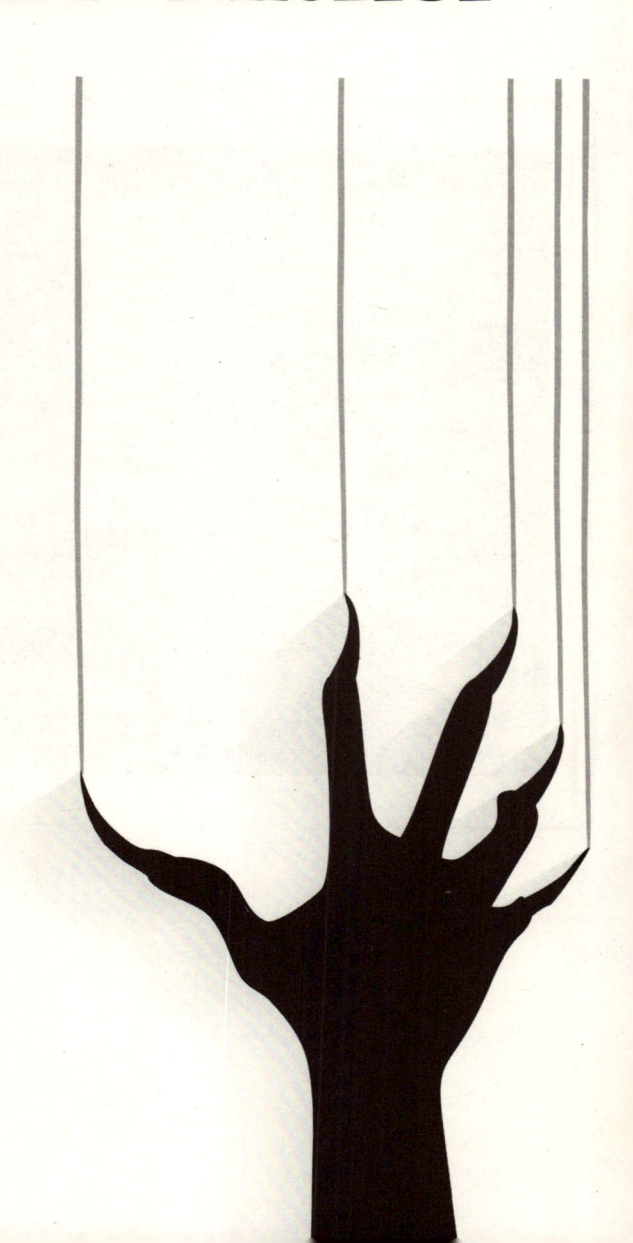

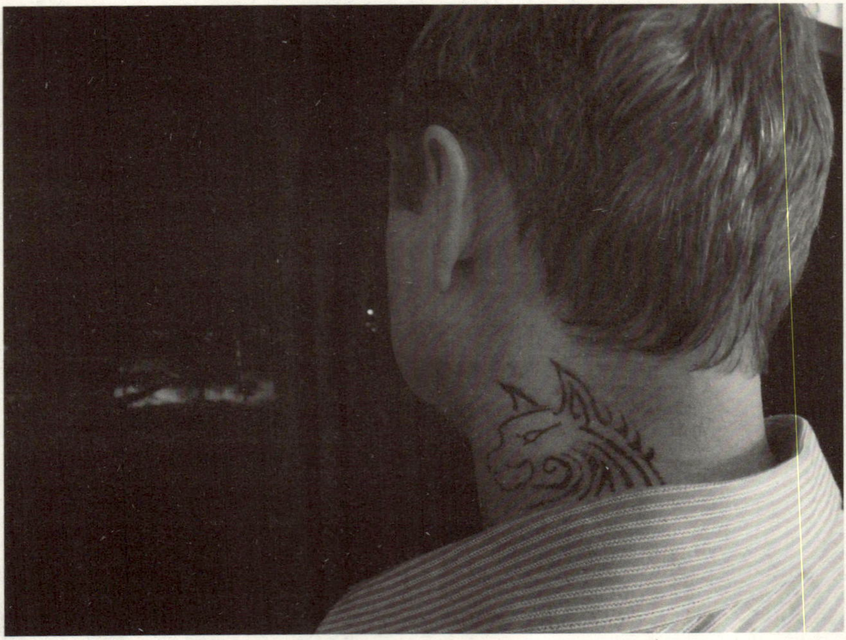

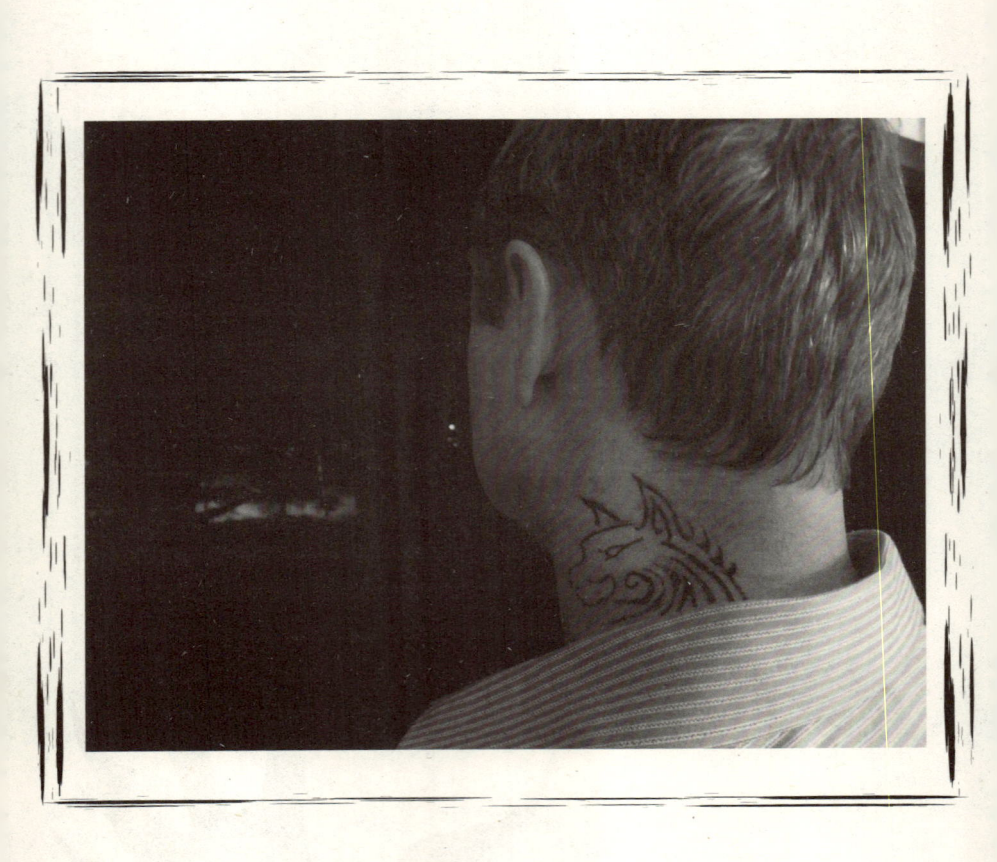

Völuspá, Wardruna 🎼

> *"[...] Comerás carne; por isso tua alma*
> *tem desejo de comer carne;*
> *conforme a todo o desejo da*
> *tua alma, comerás carne."*
>
> Deuteronômio 12:20

Barkava[30] e sua comunidade de caçadores, organizada como um exército, acolhe os mais jovens, doutrina-os para a caça até que possam trazer comida para o vilarejo. Novatos acompanham os mais escolados e, assim, aprendem formações de ataque e táticas de reconhecimento e observação. Com o tempo, os soldados recebem uma espingarda em um ritual de passagem e, a partir de então, mergulham na aventura da caça. Barkavanos têm um instinto sinistro enraizado. Algo lhes invade o espírito, fazendo deles exímios, mas também cruéis, caçadores.

Seguem um ritual de passagem bastante antigo. Evocam o que chamam de Vilks[31] de cada caçador, a força contida na alma dos homens. Vilks, uma entidade temida, dotada de ferocidade e força incomparáveis, é descrita pelos paisanos como um animal

---

30 Barkava é uma cidadezinha com menos de 2.000 habitantes a leste da Letônia. É basicamente rural e está na área de ocorrência de bétulas (ou vidoeiro) e abetos.

31 Lamentavelmente, não posso adiantar o que significa essa palavra. Vocês entenderão.

de presas proeminentes, olhos hipnóticos e atemorizantes, patas pesadas e potentes. Vilks teria sido moldado pelas almas de suas vítimas, das que matava e das que devorava. Sairia à caça ao entardecer e deixaria as presas não consumidas no centro da aldeia, para que nunca faltasse comida ao povoado. Para os barkavanos, Vilks é adorado e honrado como aquele que provê. Com o ritual, o caçador recebe um rifle. Torna-se um Vilks quando apresenta para o conselho Vilks de paisanos a caça abatida.

Naquele dia, Piotr[32] seria o iniciado. Para o ritual, uma fogueira fora acesa bem no centro do pátio da vila. Era uma tarde clara de outono e o tímido sol brilharia por algumas poucas horas em Barkava. Todos os Vilks e os demais habitantes reuniram-se ao redor do fogo. Piotr fora despido e nele os Vilks esfregaram seiva de bétula. A profetisa fizera-o beber suco do vidoeiro. O líquido penetrara nas entranhas de Piotr, dando-lhe vigor jamais tido; cerrara-lhe os punhos e fizera-o urrar.

Ainda nu, Piotr foi levado a uma caverna pelos Vilks mais velhos. Lá deram a ele um último ensinamento: quem tira a vida deve arcar com a alma. Com espinhos e tinta, gravaram um intrigante desenho em seu pescoço. A dor que sentia Piotr alimentava sua fome irracional. Vestiram-no e entregaram-lhe a arma. Quando o sol começava a se inclinar a oeste, Piotr saiu da caverna, seguido dos demais Vilks. Estava diferente, tinha um semblante mais forte, o olhar penetrante e o corpo intumescido. Era possível notar seus ombros, braços e mãos dilatados. Empunhava a espingarda com a mão direita e mantinha fechado o punho esquerdo. Andou pesadamente até o centro da aldeia e se apresentou

---

[32] Piotr (pronuncia-se "piótr") é o nosso Pedro. Perceberão que Piotr faz juz ao nome.

aos paisanos pela última vez antes da primeira caçada. Aquele estranho símbolo em seu pescoço ainda sangrava e o fogo fazia-o reluzir.

 O pôr do sol começava a enrubescer o horizonte e Piotr pôs seu rifle a tiracolo. Entraria sozinho na floresta, encarregado de trazer a caça para alimentar todos os Vilks na ceia daquela noite. Piotr embrenhou-se na escuridão. A floresta era mais densa naqueles tempos. Os abetos haviam crescido e estavam altíssimos, e o chão se cobrira de musgos verdes e macios. A luz suave do outono invadia as sombras, filtrada pelos galhos. A umidade subia e condensava-se no ar formando nebulosas pelo caminho. Era início da estação e o frio, ainda brando, não importunava. O vento soprava na copa das árvores, enchendo a mata com uma melodia fúnebre. Volumes sombrios de troncos caídos, pedras e árvores compunham uma cena amedrontadora.

 Piotr tinha braços com cicatrizes e veias azuis salientes. Cicatrizes que ganhara pela vida que levava dentro da floresta. Toda vez que voltava das profundezas, trazia uma nova. Os vasos foram crescendo com o esforço e, agora, incharam-se pelo poder do vidoeiro. Era um homem rústico, com o rosto anguloso, maxilar marcado. Tinha a barba escassa, o que lhe conferia um brilho rutilado devido às pontas dos pelos ruivos que brotavam logo abaixo do nariz proeminente e da boca delgada. O cabelo vasto, entretanto, descendo pela testa e pelas têmporas, colado na pele por causa do ambiente úmido, dava-lhe um aspecto macabro.

 Um bem treinado soldado era Piotr. Ombros largos, braços fortes. Alto, um pouco curvado para frente, como se algo lhe pesasse nas costas. Quando saía a treinar, aguçava a visão e afinava os ouvidos. Sua envergadura dificultava um pouco o mimetismo na ofensiva, porém ele se valia da força e da surpresa.

Piotr tinha uma condição especial que o destacava: na hora do ataque, encarnava uma fera e seu semblante adquiria uma crueldade adamantina, petrificando a vítima. Estava à prova agora. Usaria a espingarda pela primeira vez e, quando chegasse o momento, não falharia, sob pena de lhe cortarem da carne a insígnia dolorosamente gravada. Aquele símbolo, sua fera interior, a força que o movia, a fome irracional que o inquietava.

 O sol se punha no horizonte e, na mata, quando as nuvens permitiam, não havia mais do que alguns fachos do crepúsculo. Piotr, entretanto, tinha um instinto visceral: farejava sua vítima, salivava. Não haveria escuridão que o detivesse. Piotr aguçava a visão e afinava o ouvido.

 Caminhava por entre os troncos silenciosamente havia horas. Atingia os limites da outra aldeia quando, bem próximo a uma nascente, jazia algo saciando a sede, a presa ideal para o festim. Um passo. Um pequeno estalido deixou-o apreensivo, temendo uma fuga, porém ela estava ali, absorta pela sede. Fez-se silêncio, rompido mais uma vez por um uivo abafado a distância. Piotr sacou a arma e apontou. Sentia sua respiração envolver a coronha. Concentrava-se para acalmar o coração. Controlou a respiração, puxou o cão, fixou o olhar na alça de mira, nivelou-a com a massa, apontou para a cabeça do alvo. O jantar estava garantido. Conteve a respiração. Puxou o gatilho suavemente. Plec. O rifle não estava municiado. Olhou a presa, que o olhava fixamente, paralisada.

 Piotr se pôs a correr em direção à presa, que fugia veloz. Empenhou-se ferozmente naquela perseguição, um animal caçando outro. Olhos assustadores, dentes crispados, força extraordinária. A seiva do abeto aquecia seus músculos e os intumescia, o suco dava-lhe energia e foco. Tinha a presa em sua mira e iria alcançá-la. Em alguns minutos, Piotr jogou-se sobre a caça, dominando-a em um abraço. Com a boca mesmo, apertou-lhe o pescoço, sufocando-a. A coisa debateu-se por alguns instantes, mas Piotr a conteve até que desfalecesse. Levantou-se, colocou-a sobre os ombros e iniciou seu retorno à vila. A respiração quente condensava à frente, o suor escorria pelo seu rosto, o pescoço doía, os passos tornaram-se difíceis e o solo ficou especialmente escorregadio. Foi um retorno demorado noite adentro.

Os Vilks aguardavam conversando e bebendo à mesa do bródio quando escutaram um grito como um uivo. Era Piotr. Ele adentrou o recinto e jogou a carcaça sobre a mesa. Todos se jubilaram, um tanto perplexos, do êxito do novato. Cabia a Piotr limpar a caça, desentranhá-la, cortá-la e distribuir os nacos a cada um dos Vilks. A primeira caça de um iniciado, qualquer que seja, é comida crua e o coração é dado a ele. E assim foi feito. Piotr tomou de uma adaga e cravou-a com vontade, quebrando o esterno. Sacou-a dali e o orifício penetrou com as duas mãos, forçando as metades para os lados, abrindo o tórax e expondo os pulmões. Então meteu a mão por dentro dos órgãos, de lá arrancou o coração e o comeu. O cheiro forte e ativo de sangue e de carne invadia as narinas, fazia todos salivarem e deixava-os enlouquecidos.

O novel caçador então separou os membros e retirou pedaços das coxas, distribuindo-os aos mais antigos, que logo começaram a devorar a carne. Todos estavam estranhamente diferentes, não eram mais homens. Mordiam com avidez. Seus dentes rasgavam as fibras e se lambuzavam dos sucos que escorriam da carne. Faziam ruídos sinistros, como um rosnado. Piotr seguiu para as nádegas, cortando-as em fatias, entregou-as aos que se seguiam na hierarquia. Sangue e gordura lambuzavam as mãos daqueles animais, que se regozijavam com o banquete. Distribuiu então os membros superiores e as canelas aos seguintes, que dilaceravam os músculos dos braços, cravando as presas na pele. Mãos e pés, deu-os aos mais novos, que destroçavam os dedos a cada abocanhada. Uma visão selvagem e repugnante, de gelar o espírito. Um ritual diabólico, uma maldição.

> *"Porquanto a vida de toda a carne é o seu sangue; por isso tenho dito aos filhos de Israel: não comereis o sangue de nenhuma carne, porque a vida de toda a carne é o seu sangue; qualquer que o comer será extirpado."* Levítico, 17:14.

Depoimento de Patel sobre o limiar entre o vivo e o morto

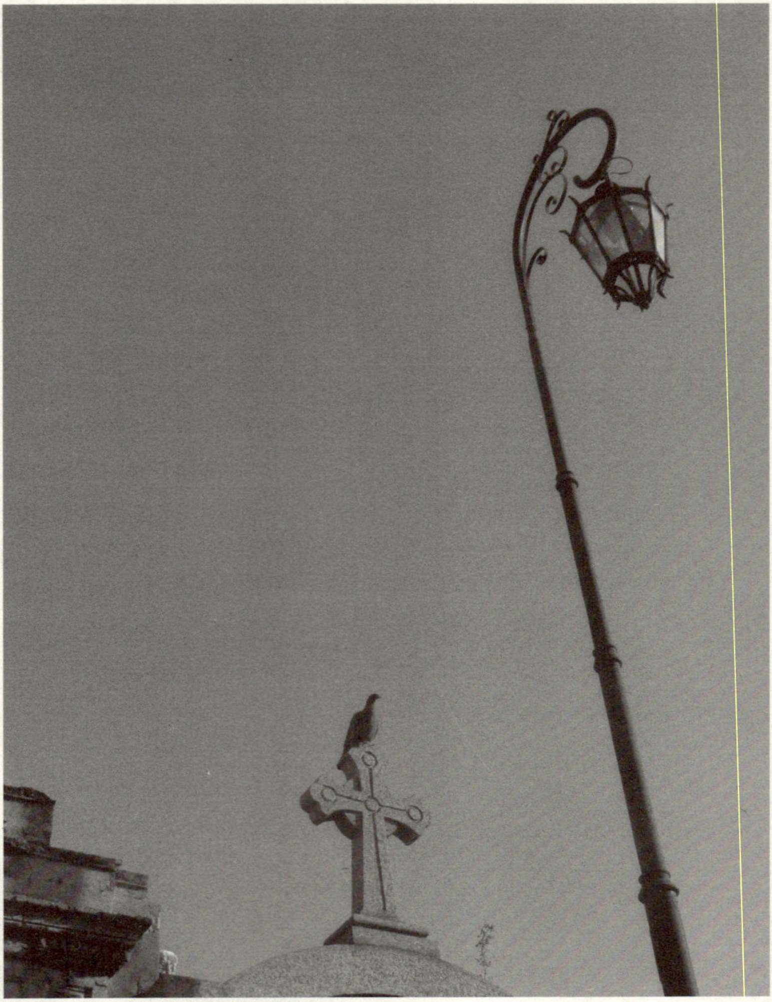

Então estava escuro. Ao menos acho que estava escuro. Não sei definir se eu estava de olhos fechados ou se era escuro mesmo.

Juro que sentia como se estivesse ali no escuro havia uns nove anos. A princípio, parecia estar permanentemente deitado, de barriga para cima, pernas um pouco afastadas e braços abertos, como uma cruz. Imóvel nessa posição, conseguia mexer apenas a cabeça. Sinceramente, não sei se abria os olhos. A escuridão era tamanha que não fazia diferença abri-los ou mantê-los fechados.

Em determinados momentos, uma força parecia me levar mais fundo na escuridão. Caía de um abismo invisível, gritava, não conseguia me mexer, me segurar. Desesperador. Essa queda parava de repente e o silêncio imperava. Estranhamente, não sentia meu coração bater acelerado pelo pavor, mas, confesso, estava deveras assustado.

Com o tempo, consegui levantar. Tontura seguida de enjoo me tomou. Não sei se vomitava mesmo, mas vinha aquela náusea, seguida do espasmo. Comecei a vagar incansavelmente. Não tinha onde me segurar, não havia paredes, mas, sim, uma imensidão escura e silenciosa. Um nada angustiante. Juro que andei dias e dias a esmo. Nem sei, na verdade. Aquela escuridão me deixou sem noção das coisas.

Com o passar dos dias (se é que havia tempo, dias ou horas), consegui ver coisas, mas o que via eram imagens horripilantes. Um corpo era esticado pelos membros. Puxavam os braços e conseguia escutar a pele rasgando, os ossos rangendo, um som plangente.

Essas imagens abomináveis repetiam-se. O corpo sempre voltava a ter braços e pernas e tudo recomeçava. A pobre criatura escancarava a boca e dali saía um som cavo de início e, por fim, tirava do peito gritos doloridos e incessantes. Um tormento ouvir aquilo. Tentava me aproximar, mas a coisa toda parecia sempre estar muito além do que eu poderia alcançar. *Pobre criatura!*, pensava. Pobre de mim, que sofria ao testemunhar o horror daquelas imagens e não podia socorrer.

Em dado momento, já não via mais essas cenas de tortura. Elas ficaram distantes de mim. Era estranho, porque não sentia minha respiração nem meus pulmões inflando. Acho que respirava, afinal, eu estava ali. Um sibilo leve e grave começou a me importunar. Estava atônito. Por mais que tentasse tapar os ouvidos, era como se o ruído viesse de dentro de mim. Esse sussurro tomou corpo e entendi o que era: eram vozes entoando ladainhas, como se fossem preces. Preces soturnas como a morte.

Ao mesmo tempo, sentia minhas veias sendo preenchidas com um líquido gelado. Começou pelos pés, foi subindo pelas pernas até o tronco e daí espalhou-se pelos braços, passou pelo pescoço e envolveu minha cabeça. Assim fiquei escutando aqueles murmúrios infindáveis e vendo gelar minha carne, minha alma.

Inesperadamente, uma força irresistível me tomou, agrilhoou meus braços e os esticou para trás. Gritei de dor. E aquilo parava, para logo reiniciar. Algo me puxava e, quando parecia insuportável, relaxava-me. Dei-me conta de que eu era como aquela criatura infeliz que vira outrora. Era estranho demais. Será que sonhava? Sentia tudo! Nos momentos de letargia pude perceber que aquele homem sofrendo era eu mesmo. Antevi meu infortúnio!

Fui tamanhamente esticado que algo se rompeu em mim, como se me quebrasse um casco. De dentro, saí eu mesmo, mas distinto. Um corpo gelado e reconstituído. Sentia-me estranhamente fortalecido. Podia ver tudo, apesar do escuro. Meu olfato jamais estivera tão apurado. Audição? Poderia escutar o que quisesse. O paladar mudara expressivamente. Sentia vontade de um só sabor. Farejei, vasculhei, mas não havia comida ali.

Quando me dei conta, percebi que o espaço se fechara ao meu redor. Estava tudo silencioso como o destino. De punho cerrado, esmurrei com desespero o que estava à minha frente. Era algo de madeira cercado de terra. Aflito, comecei a cavar e, de repente, saí em um campo. Era noite. Caminhei alguns metros. Uma fina neblina se condensou ao meu redor, como se fizesse parte de mim.

Enfim, parecia sair das trevas. Todas as sensações se amplificavam. Foi surreal! Um odor maravilhoso invadiu minhas narinas. Sabem os pelinhos do nariz? Estavam ensopados do aroma. Não sei explicar.

Fui seguindo aquele perfume. Faço votos de que um dia todos possam sentir o que eu sentia. O cheiro entrava na cavidade bucal e minhas papilas vibravam. Fiquei obcecado. Busquei a origem daquele odor, era cada vez mais intenso. Havia uma guarita a uns vinte passos. Ali morava toda a fragrância. Era tão forte que eu podia senti-la tocando minha face, vê-la surgindo em vagas.

Ao me aproximar, jazia ali uma pessoa. Como assim? Uma pessoa? Bizarro. Enfim, difícil admitir naquele momento, mas era aquela pessoa que exalava aquele aroma quente que me deixava alucinado. Perdi o domínio sobre meu corpo. Minha gengiva e meus lábios ficaram túmidos. Em meio à neblina, precipitei-me incontrolavelmente sobre aquele coitado que dormia (risos).

Depois desse episódio, vieram à memória os nove anos na Scholomance, a sagração dos Solomonari e o nosferatu que me tornei.[33]

---

33 Aqui faço um pedido: leiam *Drácula*, de Bram Stocker, preferencialmente com notas explicativas para conhecer os estudos de Emily Gerard sobre o folclore transilvânio. É a obra original. Os senhores entenderão melhor o que era a Scholomance, uma escola encravada nas profundezas das montanhas de Sibiu, na Romênia. Seus alunos ficavam sete anos em internato sem ver a luz do sol. Dizem que as aulas eram ministradas pelo próprio demônio e sagravam-se Solomonari ao final do processo.

· Eco ·

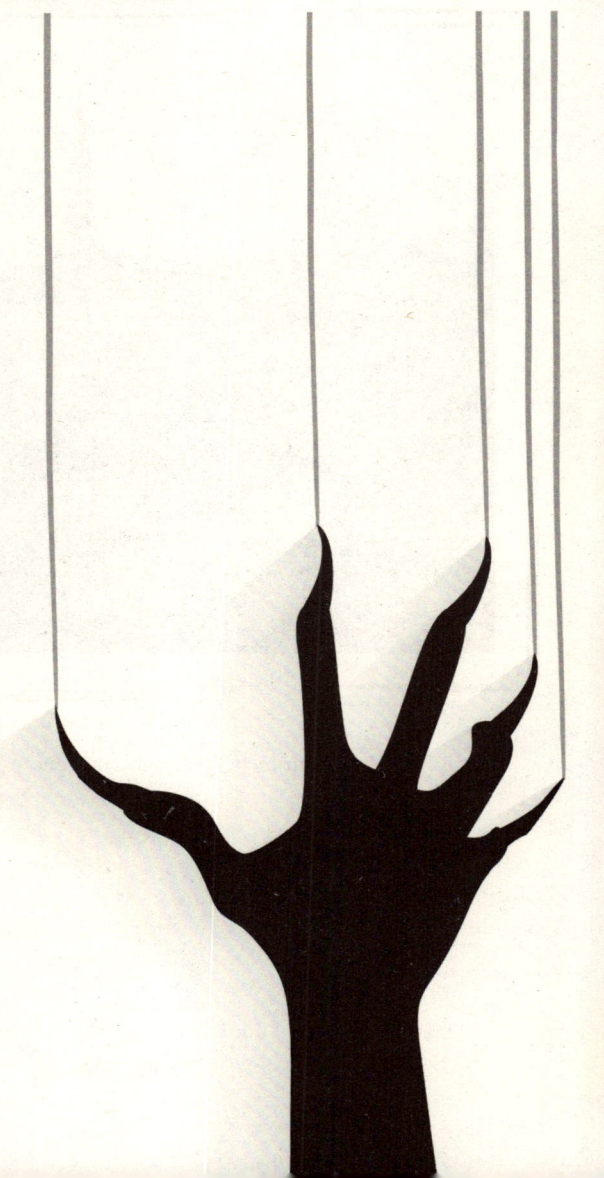

https://pt.freeimages.com/photo/castle-1228745

*Use "Light of the seven", de Ramin
Djwadi, para ler esta historinha.* ♪

Caía um floco de neve e fiquei observando-o pela vidraça da torre norte. Lá fora o inverno avançava pela imensidão da floresta. Os Cárpatos[34] estariam cada vez mais cobertos pelo suave tapete imaculado. A luz seria cada vez mais tímida e deixaria a paisagem iluminada por um longo ocaso até que os dias ficassem curtos como um par de horas.

Prefiro sair antes do anoitecer, quando ainda há certo frenesi nas vilas das cercanias e, com alguma sorte, posso encontrar alguém distraído no caminho. Alguém que me olhará com medo e não conseguirá gritar antes que eu lhe perfure a carne, que será surpreendido e emudecerá incrédulo ante mim, que sucumbirá à minha força sem sequer pedir piedade.

Nesse entardecer, saí pela torre norte e adentrei a floresta em direção ao monastério. Ali guarneciam o local doze monges, renovados de acordo com as baixas. Infelizmente, o medo tomou conta e a fé que professavam não vinha sendo suficiente para convencer outros a completar o grupo. Em razão disso, por não terem mais o número equivalente ao dos apóstolos de Cristo, criam-se fragilizados e fadados a enfrentar o destino que lhes

---

34 Os Cárpatos! Formam as altas cadeias do leste europeu, passando por República Checa, Eslováquia, Polônia, Ucrânia e, onde nosso personagem vive, Romênia.

tracei. Presas quase fáceis, não fossem as estratégicas barreiras que se me impunham ocasionalmente.

A verdade é que não tenho necessidade de fazer incursões diárias, contudo, já são cem dias desde minha última saída, quando não encontrei senão uma aldeã de pouca substância. Assim, hoje irei pelo monastério e entrarei pela porta principal, a que ostenta a águia bicéfala[35] no frontispício, a que dá para a nave central e onde todos se reúnem após a ceia.

O ar gelado adentrou a nave e todos me olharam. Um deles correu em minha direção empunhando uma estaca em cruz. Esse mesmo, envolvi-o em meu abraço e arrastei-o para o corredor lateral, enquanto os demais se alvoroçavam. Uns vinham em minha direção, outros ficavam imóveis. A estaca, lancei-a longe. O monge, bem, o monge não lhe fitei os olhos, apenas segurei seus braços por trás, prendi sua cabeça, expondo seu pescoço, e giramos no ar em uma dança macabra. Suguei-o ali mesmo. Enquanto isso, pensava em que espécie de monstro sou, afinal. Repugno a mim mesmo. Nossos corpos girando, o peso do monge em meus braços, as forças invadindo-me à custa daquele homem, que nada me fizera para merecer tal fim. Repugno a mim mesmo, repugno a mim mesmo.

Sorvo-lhe, assim, toda a vida, não desperdiço uma gota e sua energia será louvada em mim. Agradeço seu martírio, deixo o cadáver para que seus pares o guardem e saio pelo campanário. Nem sequer ouço os protestos, já não me trazem significado algum após esses anos – poucos, a propósito, nessa recente sina.

Ao retornar, observei os picos do *château* com suas ardósias cinza-azuladas e seus contornos em estilo neorrenascentista

---

35 Um símbolo do poderoso império russo.

mesmo estando sob os carvalhos circundantes. A imagem da obra enternece-me, humaniza-me até, afastando-me brevemente do terrível desfecho do passeio.

Os detalhes em enxaimel nas torres foram um capricho desnecessário, mas, por fim, acostumei-me a eles e hoje os vejo essenciais à obra. É uma visão aconchegante dos tempos em que o sol podia penetrar em todas as suas frestas e as flores pendiam das janelas. Do tempo em que vivia repleto dos suaves sons dos que caminhavam por ele.

Os anos desgastados nessa construção não foram em vão, penso. Entretanto poderiam tê-la findado antes, se a Guerra Russo-Turca[36] não tivesse drenado as forças de trabalho e as almas. Foi um tempo farto em almas! Muito vívido aquele dia em que Carol assinou a independência, enfurecendo o Império Turco. Mal sabiam os romenos que os turcos avançavam por Plevna com exército monumental! Contudo, com o auxílio de forças russas, não recuaram e sitiaram a região. O cerco durou de julho a dezembro de 1877 e os turcos feneceram por falta de suprimentos. Um honrado homem, o comandante turco; tentou romper o cerco até o último instante, porém eu estava lá, ao lado dos romenos.

No último mês da batalha, a neve já se precipitara. Era lindo de ver, a neve! A vida ali, fluindo docemente dos corpos, congelando e mantendo-se intacta na superfície gelada. Ficava hipnotizado. Em dado momento, os turcos me capturaram e me martirizaram com minhas próprias armas. Pedi a Deus uma salvação,

---

[36] Estamos na época da guerra de independência da Romênia, desencadeada pela determinação do príncipe Carol I de deixar de pagar os impostos aos otomanos. A Rússia não participaria das hostilidades, entretanto, os turcos atacaram tropas russas e, assim, o império envolveu-se na luta.

que não veio. Deceparam as mãos de meus companheiros e colocaram-nas em minha boca. O inferno me salvaria.

Bebi o sangue que vertia. De alguma forma inexplicável, minhas forças redobraram, algo me invadiu intensamente, estava sedento de sangue. Desejava mais, cada vez mais. Queria o sangue de meus algozes, cada gota dele. E, assim, a batalha foi vencida, eu bebendo o sangue de cada soldado inimigo. Era um rio corrente de sangue denso e irresistível. Eu queria tudo e todos. Já não era mais o mesmo e a sede que me assolou ali passou a perseguir-me por toda essa eternidade.

Esgotadas as hostilidades, os braços voltaram ao trabalho do castelo. Imaginem vocês essas paredes erguidas em contraste com as cadeias montanhosas dos Cárpatos, na Valáquia, e cercadas de carvalhos e olmos, quase banhadas pelo Rio Prahova[37]! É um monumento, definitivamente.

Não posso negar que, ao me aproximar de suas torres, lembro-me de toda a saga para tê-lo comigo e da sede permanente. O palacete, sempre cercado de gente durante a construção, alemães na carpintaria, pedreiros italianos, turcos cozendo o tijolo, ciganos ajudando cá e lá, e eu cuidando para que sempre houvesse gente suficiente para terminar a obra e atender às minhas necessidades.

À noite escutava os homens rindo à beira do fogo e os copos a tilintar. Ao silenciarem as vozes e com a quietude do descanso, saía de minha alcova e vagava por entre eles, observando, sorvendo o aroma quente de seus corpos até eleger um deles.

Quando a obra foi entregue e a equipe já estava reduzida, houve um grande baile de inauguração. Eu estava lá. E foi

---

[37] Se os senhores procurarem bem, encontrarão o palacete da alma sofredora que narra este conto.

um regozijo geral, embora muitos já estivessem temerosos de se acercarem do castelo. As pessoas dançaram, comeram, beberam, riram e conversaram. Muitas voltaram para suas residências. A ideia assustadora de praga mortal ou de bruxaria sagrou o local e fez com que ninguém, além de mim, permanecesse no palacete.

Hoje, chegando ao castelo, senti como se escutasse a música de então. Entrei pela torre norte, a aragem invadiu o salão. Já não encontrava sequer o contorno das coisas que uma vez ali jaziram. Não sinto fome nem fraqueza, mas tristeza. Sinto saber que há pouca vida ao meu redor, que cada vez mais escutarei o vento entre os carvalhos e cada vez menos vozes e ruídos das gentes dos vilarejos. Homens, animais, a vida fenecerá até que reste o eco dos Cárpatos em mim.

· Encontro ·

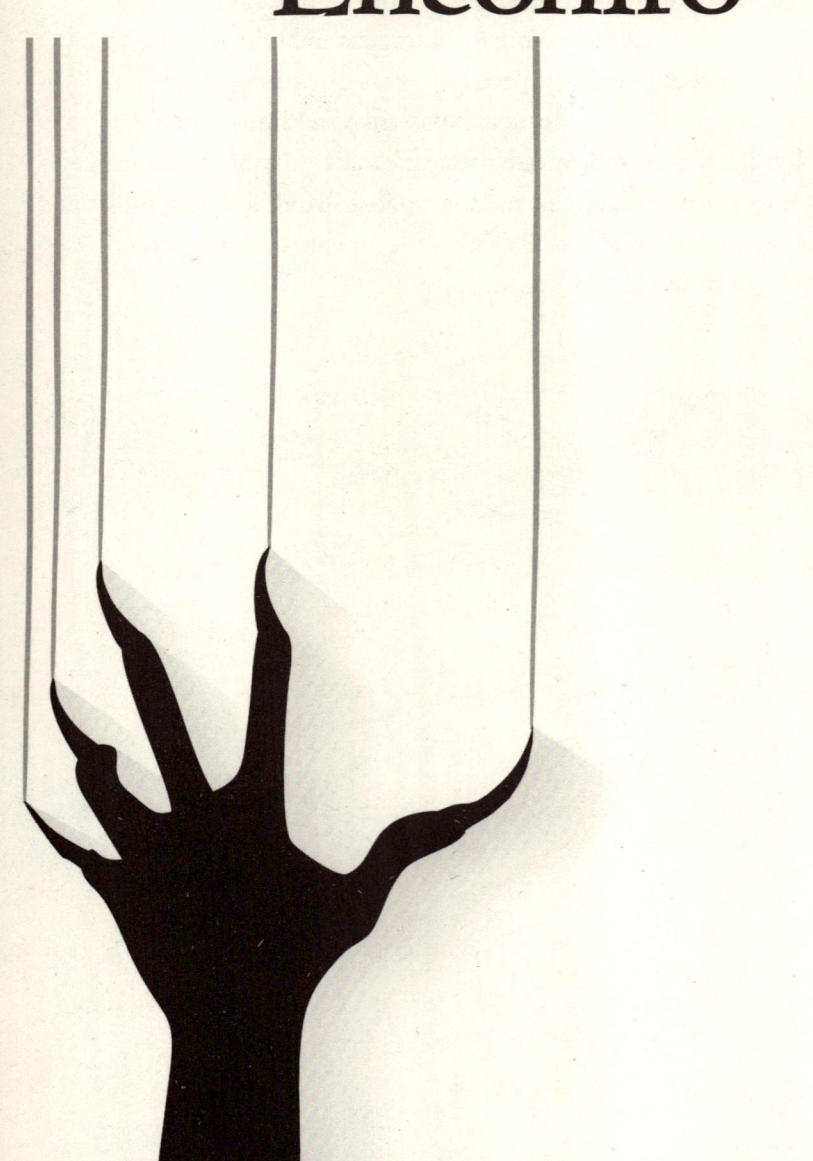

https://pt.freeimages.com/photo/the-field-1406320

"Inception", de Hans Zimmer, é uma
boa opção para embalar este Encontro.

É assim que se faz... O corpo seco atirado ao chão. Olhos abertos de pavor, boca entreaberta, pescoço esfacelado e rastros de sangue.

Não deveria olhar, deveria ir, contudo, dessa vez, diante daquele mural na parede da *Passatge del Patriarca*, vendo os ladrilhos úmidos pela chuva que caíra, achei poético. Achei que, dessa vez, olharia.

Disseram-me que, se olhasse, mergulharia em conflitos. E agora estou aqui frente a frente com essa obra medonha. A minha obra medonha.

Mas, como me disseram, se não me evadisse o quanto antes, passaria a refletir, e um dilema nasceria em mim imediatamente. E ali, naquele trecho de passeio que vira nascer havia milênios, dei-me conta de que é uma selva esta vida. Matar ou morrer de fome.

Seria esse um conflito nascente? Olhava já sem fome para o cadáver, saciara-me. A chuva recomeçou a pingar sobre nós. As luzes bruxuleavam. Meus pensamentos me levaram ao início, àquele dia original e peculiar em que ainda sentia meu coração pulsar.

Certamente, se pudesse, senti-lo-ia novamente diante dessa cena macabra. Contudo só posso fechar os olhos e tentar lembrar-me de como era. Como era mesmo ter um coração pulsante?

Estava correndo naquele campo em Hitelforth-north[38]. Era manhã de um dia de sol suave e os dentes-de-leão estavam em flor, o campo forrado de pequenos tufos amarelos de flores e borboletas brincavam por ali. Eu as ia espantando enquanto corria.

Eu me recordo! Era uma criança feliz e ativa. Lembro-me de sorrir enquanto o vento vinha soprar nas minhas orelhas. Alguns dentes-de-leão mais maduros já soltavam seus pequenos guarda-chuvas de pluminhas, que saíam voando ao redor. Era um poema!... Até encontrar aquela coisa em pé, surgida do nada.

Eu era tão frágil diante daquela sombra borrada em minha tela infantil! Parei frente a frente com a sombra daquele ser magro e pálido sob a luz do sol inclinado. Tinha um aspecto asqueroso, com olheiras, cabelos escorridos pelo rosto; parecia ter sofrido muito. Estava vestido com roupas surradas e sujas. Olhei para seu rosto sério e desfiz meu sorriso. Fitou-me por alguns desagradáveis minutos. Segurou minha mão com firmeza. Sua mão magra, de unhas escuras e longas. Cheirava mal.

Falou-me para não ter medo, que só estava com fome. Disse-me que havia meses que não comia e que não podia mais aguentar. Revelou-me que era portador de um mágico poder de dar vida eterna a quem quisesse e que, se eu assim desejasse, dar-me-ia vida longa, próspera, venturosa.

Eu, criança apavorada, nada entendi. Olhava amedrontado para cima, para aquele rosto, aqueles olhos... A criatura pediu-me desculpas e mordeu meu pulso. Gritei, puxei minha mão com força em vão. Comecei a chorar e a criatura, com a boca em meu

---

38 Soa bem, não? Querido leitor, esse lugar não existe. Ou melhor, existe, neste encontro.

pulso, olhava-me e chorava. Criatura repugnante! Foi minha última visão da época em que tinha um coração pulsante.

Hoje, em frente a essa imagem do *Homo Homini Lupus*[39] na parede e desse corpo inerte jogado sobre os ladrilhos da *Passatge del Patriarca*, entendo a razão daquelas lágrimas. A criatura olhara para suas vítimas. Nascera nela o conflito, o conflito que agora deveria se apossar de mim.

Eu, sem alma, sem coração. Sem dor? Questionar-me-ia de agora em diante. Já não bastava essa inigualável condição que, de início, parecia-me uma bênção? Imaginem! Uma criança viver forte através da história, aprender sobre o mundo e sobre as gentes. Ver a Renascença, o Barroco, o Romantismo, o Neoclassicismo. As invenções na química, na mecânica, na medicina. A permanência do direito.

Hoje, porém, após anos transcorridos, vejo-me aqui, um objeto amaldiçoado e em nascente conflito. Como viver nessa morte sem a morte?

---

[39] Os senhores sabem o significado dessa expressão popularizada no *Leviatã* de Thomas Hobbes: "O homem é o lobo do homem". Assinalo, contudo, que quem a cunhou foi o dramaturgo romano Tito Mácio Plauto. O leitor pode buscar por essa imagem na *Passatge del Patriarca* em Barcelona.

Roteiros técnicos[40] para novos cineastas

---

[40] Os roteiros foram analisados e criticados pelo cineasta e produtor de cena Mario Eduardo Finard, cujas sugestões resultaram em uma versão final do diretor para o roteiro de "Era uma vez".

• "Era uma vez" •

*Baseado no conto homônimo de
Gisela Biacchi Emanuelli
(2º tratamento)*

FADE-IN.

- **CENA 1 – INT. SALA – DIA COR.**
PLANO 1 – PD COXA DE HOMEM E ASSENTO DA CADEIRA.

Homem sentado em uma cadeira. ENTRA a mão dele sobre sua coxa.

VOZ: "Ela não era linda... Sequer era bonita, mas tinha uma beleza muito atraente...".

FADE-OUT.

FADE-IN.

- **CENA 2 – INT. CONFEITARIA – DIA PB.**
PLANO 2 – PD DO ROSTO DE UMA MULHER.

Câmera fixa. Veem-se os olhos da mulher, que olha de lado para a câmera. Ela olha de lado. Olha de frente. Levanta o queixo de forma que a câmera mostre a boca. Segue perfil.

HOMEM (v.o.): "Era uma mulher misteriosa. E quando ela olhava, parecia que lia meus pensamentos".

- **CENA 3 – INT. SALA – DIA COR.**
PLANO 3 – PD COXA DE HOMEM E ASSENTO DA CADEIRA.

Homem sentado na cadeira. Entra mão do homem em sua coxa. Homem pressiona os dedos sobre a coxa.

HOMEM (v.o.): "Quando me olhava, ela me invadia...".

FADE-OUT.

FADE-IN.

- **CENA 4 – INT. CONFEITARIA – DIA PB.**
PLANO 4 – PLANO ABERTO. CÂMERA DENTRO DA CONFEITARIA AO LADO DA PORTA, MOSTRANDO O INTERIOR DA CONFEITARIA. A MULHER ESTÁ NA MESA AO FUNDO.

Homem entra em perfil. Olha para a mulher. Homem em primeiro plano, mulher ao fundo. Mulher olha para ele. Há uma xícara com chá sobre a mesa.

CORTA.

PLANO 5 – PPP DA MULHER.

Ela levanta os olhos e fixa o olhar no homem. Ela entreabre os lábios.

PLANO 6 – PRIMEIRO PLANO HOMEM. CÂMERA ESTÁ NO PERFIL.

Homem treme. Fica atordoado. Olha para os lados atordoado.

CORTA.

PLANO 7 – PLANO FECHADO MULHER.

Mulher olha o homem e leva a xícara de chá à boca.

PLANO 8 – PD – CAM. NA MÃO – PD FINAL DA BOCA DA MULHER FICA AO LADO DIREITO DO QUADRO.

Câmera em 45 graus mostra olhos da mulher olhando em direção à xícara. Mulher toma o chá. Câmera gira em perfil, mostra a boca da mulher na xícara.

FUSÃO.

PLANO 9 – PLANO FECHADO NO HOMEM. PPP – ROSTO DO HOMEM FICA DO LADO ESQUERDO DO QUADRO.

Close no homem que a olha e morde o lábio.

FUSÃO.

- **CENA 5 – INT. SALA DO PRÉDIO – NOITE – DEVANEIO DO HOMEM. COR SATURADA.**

PLANO 10 – PLANO FECHADO NA ALTURA DA CINTURA DO HOMEM E DA MULHER, QUE ESTARÃO FRENTE A FRENTE. PERFIL.

Homem passa seu braço na cintura da mulher e a puxa para si.

PLANO 11 – PD LATERAL DAS BOCAS DO CASAL – CAM. NA MÃO.

Homem e mulher com rostos muito próximos. Câmera mostra os lábios quase se tocando, movimentos de quase se beijando. Homem morde o próprio lábio inferior, denotando desejo.

CORTA.

- **CENA 6 – INT. SALA – DIA COR.**

PLANO 12 – PD PICADO. MÃOS DO HOMEM SOBRE AS SUAS PERNAS.

Homem sentado passa as mãos sobre as coxas. Homem cruza as pernas. Homem descansa seus braços nos braços da cadeira. Movimenta as mãos enquanto fala.

HOMEM: "Acho que deve ter algo a ver com cheiros. Talvez ela tivesse um perfume hipnótico, que me perturbava quando ela estava por perto e me olhava... Aqueles olhos dela... aqueles lábios... me deixavam aturdido... me faziam tremer. E mesmo receoso, precisava vê-la todos os dias".

CORTA.

- **CENA 7 – EXT. CALÇADA – DIA 1. PB.**

PLANO 13 – PLANO ABERTO. CAM. LATERAL.

Homem caminhando apressado em direção à confeitaria. Homem tromba com transeuntes.

- **CENA 8 – EXT. CALÇADA. OUTRO DIA 2. PB.**

PLANO 14 – PLANO ABERTO. CONTRAPICADO.

Homem anda muito apressado.

PLANO 14 A – PD – LATERAL. CINTURA.

Homem olha no relógio.

PLANO 14 B – MPP – LATERAL.
   Anda muito apressado.

PLANO 14 C – PC – LATERAL.
   Chega à porta da confeitaria. Põe a mão no trinco da porta e começa a abri-la.

- **CENA 9 – EXT. CALÇADA. DIA 3. PB.**

PLANO 15 – PLANO ABERTO. CAM. DE FRENTE PARA A CONFEITARIA.
   Homem passa pela direita da CAM. Primeiro plano, homem caminhando em direção à confeitaria. Segundo plano, porta da confeitaria.

PLANO 16 – PLANO ABERTO. CAM. DE FRENTE PARA A CONFEITARIA. CONTRAPLANO HOMEM.
   Mulher sai da confeitaria. Homem detém-se em primeiro plano, olhando-a sair da confeitaria. Veem-se as costas do homem, sua cabeça seguindo o movimento da mulher, que segue à esquerda do homem.

PLANO 17 – PLANO ABERTO.
   Homem sai apressado atrás da mulher. Homem tromba com pedestres.

   HOMEM: "Desculpa".

PLANO 18 – PRIMEIRO PLANO. CONTRAPLANO DO HOMEM.

Homem segue pela calçada. Veem-se as costas e a cabeça do homem e, à frente, a mulher caminhando.

A mulher caminhando olha discretamente sobre seu ombro esquerdo, dando a impressão de que sabe que o homem a segue.

PLANO 19 – PRIMEIRO PLANO. CONTRAPLANO DA MULHER.

Mulher segue pela calçada. Veem-se as costas e a cabeça da mulher. Mulher olha novamente sobre o seu ombro, dando a sensação de que sabe que o homem a segue.

PLANO 20 – PLANO MÉDIO DA MULHER. CONTRAPICADO.

Mulher caminhando na calçada. NORMAL

Ela dobra rapidamente para a direita e entra repentinamente em um vestíbulo, entrada de um prédio. *FAST MOTION.*

Vê-se o homem, em segundo plano, esticando-se para ver melhor onde ela foi. NORMAL.

PLANO 21 – PLANO FECHADO NO HOMEM.

Homem acelera mais ainda o passo, chega ao átrio e para, surpreendido.

- **CENA 10 – EXT. ÁTRIO DO PRÉDIO – DIA COR.**
PLANO – 22 – PLANO MÉDIO DA MULHER. FRENTE.

Mulher parada de frente, mãos para trás. Mulher olha fixamente para a câmera.

PLANO 23 – PRIMEIRO PLANO HOMEM.

Câmera de frente para o homem. Homem olha acima da câmera. Homem faz cara de surpresa. Entra lentamente mão da mulher e agarra a gravata do homem. Homem se assusta, olha para a mão lhe agarrando a gravata. Mão começa a puxar o homem pela gravata. Homem aturdido olha para a mulher e para a mão. Homem sobe a escada.

PLANO 24 – PRIMEIRO PLANO MULHER – PERFIL – TRAVELLING.

Vê-se perfil da mulher olhando fixamente para os olhos do homem. Abre um leve sorriso. Mulher vai puxando o homem.

PLANO 25 – MEIO PRIMEIRO PLANO DO CASAL – PERFIL – TRAVELLING.

Mulher puxa o homem. Mulher olha-o nos olhos com um leve sorriso, entreabrindo os lábios.

Homem olha assustado para os olhos da mulher.

O casal transpõe a porta do prédio.

CORTA.

- ## CENA 11 – INT. SALA DO PRÉDIO – DIA COR SATURADA.
PLANO 26 – MEIO PRIMEIRO PLANO – CAM. NA MÃO.

Mulher puxa o homem para dentro de uma sala. Gira e o faz sentar em uma poltrona. Larga a gravata.

Homem olha para os lados, observando o lugar.

PLANO 27 – PLANO MÉDIO. CAM. PERFIL HOMEM. CINTURA MULHER.

Mulher se afasta para posição à frente do homem. Caminha. Homem boquiaberto segue-a com os olhos.

PLANO 28 – PLANO MÉDIO – AFASTANDO-SE – CONTRAPLANO.

Vê-se quadril da mulher. CAM. mostra o quadril dela se afastando até ficar no plano médio. Em plano médio, mulher para e começa a preparar uma bebida.

PLANO 29 – PLANO FECHADO NA ALTURA DA CINTURA DA MULHER. PERFIL – CAM. NA MÃO.

Mulher prepara uma bebida. Vê-se a garrafa de cristal com um líquido verde licoroso, taças de cristal, mãos da mulher preparando a bebida e cintura e glúteo de perfil. Mulher pega cubo de gelo com a ponta do polegar e dedo médio. Deixa cair na taça. Toma o coador de metal e coloca no bocal da taça. Pega um cubo de açúcar e deposita sobre o coador. Pega a garrafa e verte o absinto sobre o cubo de açúcar.

PLANO 30 – PD DO BOCAL DA GARRAFA COR SATURADA – PUXADA NO VERDE DO LÍQUIDO.

Líquido verde saindo e caindo.

PLANO 31 – PD TAÇA.

Líquido verde enchendo a taça. Ao encher, ENTRA mão da mulher pegando a taça.

PLANO 32 – PLANO FECHADO NA ALTURA DA CINTURA/QUADRIL DA MULHER.

Mulher se vira e caminha, passando os dedos sobre o mármore da mesa onde preparara a bebida. Caminha em direção ao homem.

PLANO 33 – PPP ROSTO DA MULHER.

Mulher caminha olhando fixamente para o homem. Leva a taça aos lábios (mas não bebe da bebida).

PLANO 34 – PPP DO ROSTO DO HOMEM.

Homem olha em direção aos olhos da mulher e engole a seco. Entreabre os lábios.

PLANO 35 – PLANO AMERICANO 45º FRENTE DO HOMEM.

Homem olhando para cima, na direção da mulher. ENTRA mulher e lhe estende a bebida. Homem pega a taça.

FAST MOTION – Mulher monta no colo do homem. Apoia-se nos braços da poltrona e inclina seu corpo em direção ao do homem.

PLANO 36 – PD MÃO DO HOMEM.

Homem segura a taça. O líquido treme.

PLANO 37 – PD LATERAL DA POLTRONA.

Câmera mostra a coxa da mulher. Mulher se mexe sobre o homem. Homem estremece, pressiona seu quadril nela.

PLANO 38 – PPP EM PERFIL DO ROSTO DO CASAL.

Rostos muito próximos. Ela olha para os olhos dele, bocas quase se tocando. Ele faz um semicírculo com a cabeça para trás, abre a boca, denotando excitação. Mulher sorri.

HOMEM: "Gemido".

PLANO 39 – PLANO FECHADO PICADO QUADRIL DO HOMEM.

Homem se contorce sob a mulher. Pressiona seu quadril contra a mulher. Homem deixa a taça cair. Homem segura forte os braços da poltrona.

PLANO 40 – PLANO FECHADO EM PPP PICADO. BOCA, QUEIXO E PESCOÇO DO HOMEM.

Câmera mostra boca, queixo e pescoço do homem. Entra cabeça da mulher, veem-se sua testa, seus olhos fechados, pousando no ombro do homem próximo ao pescoço. Mulher roça feliz sua cabeça no pescoço do homem.

PLANO 41 – PD PERFIL MULHER.

ENTRA a mão do homem deslizando no pescoço da mulher. Mão sobe pelos cabelos. Lábios da mulher estão no pescoço dele. Mulher lambe suavemente o pescoço do homem. Câmera mostra nariz da mulher no ouvido do homem.

PLANO 42 – PD OLHOS DO HOMEM. PICADO.

Olhos do homem fechados.

HOMEM: "Gemido prazeroso".

Olhos do homem se abrem repentinamente. Cenho franze de dor. Câmera fixa em picado, homem contrai a boca de dor.

HOMEM: "Gemido de dor".

PLANO 43 – PLANO AMERICANO. CAM. À ESQUERDA DELA.

Homem petrificado na poltrona, segurando fortemente os braços da poltrona. Mulher no colo do homem com a boca no pescoço dele (lado direito dela). Homem tenta se livrar, mas não efetivamente.

PLANO 44 – PLANO FECHADO.

Homem com expressão de dor. Vê-se um pouco de sangue no pescoço dele.

FADE-OUT.

FADE-IN.

PLANO 45 – PRIMEIRO PLANO FRONTAL MULHER.

Mulher olha para a câmera (cam. na posição do homem). Sorri levemente. Vê-se sangue na boca, no queixo e no pescoço da mulher.

PLANO 46 – PPP ROSTO DO HOMEM. PICADO. CONTRAPLANO MULHER – OVER SHOULDER.

Homem olha para a mulher sem entender nada. ENTRA mão esquerda da mulher, segura o cabelo dele e puxa a cabeça dele para trás.

PLANO 47 – PPP – LATERAL – CAM. À DIREITA DELA. SLOW MOTION.

Mulher segurando o cabelo do homem. Homem com a cabeça para trás. Boca semiaberta. Entra na parte superior do quadro parte do punho cerrado da mulher. E dali verte sangue para a boca do homem.

PLANO 48 – PRIMEIRO PLANO LATERAL ESQ. DELA.

Homem com a cabeça para trás, regozijando-se, olhos fechados, boca sorridente, sendo regada com sangue. Homem feliz passa a língua em seus lábios, lambendo o sangue. Suga o lábio inferior. Volta a sorrir.

PLANO 49 – PPP PICADO ROSTO DO HOMEM. *SLOW MOTION.*

Homem com a cabeça para trás, sorrindo, abre os olhos. E olha para a câmera (na posição da mulher).

HOMEM: "Aaahhh!".

PLANO 50 – PRIMEIRO PLANO MULHER. FRENTE.

Câmera na posição do homem. Mulher sorri, mordendo o lábio inferior.

PLANO 51 – PPP LATERAL ROSTO DA MULHER – CAM. FIXA. SLOW MOTION.

ENTRA mão do homem em diagonal, passa pelo rosto, orelha, dedos penetram no cabelo dela. Ele a puxa para si.

PLANO 52 – 1ª VERSÃO – PRIMEIRO PLANO DAS CABEÇAS DO CASAL. PERFIL. SLOW MOTION.

 Câmera acompanha o movimento. Mulher se aproxima do homem. Veem-se os rostos aproximando-se para um beijo. Narizes se roçam, lábios quase se tocam, dinâmica pré-beijo.

CORTA.

- **CENA 12 – INT. SALA – DIA.**

PLANO 53 – PRIMEIRO PLANO FRENTE ROSTO DO HOMEM

 Homem está com o cotovelo direito no braço direito da poltrona, com a mão segurando o queixo, olhando para o lado, olhando "pro infinito". Olhos fixos. Passa os dedos na boca.

 HOMEM (sorrindo): "Foi então que nos beijamos pela primeira vez... Em meados de 1820... Em Berkovica, na Bulgária".

FADE-OUT.

FIM.

PLANO 52 – 2ª VERSÃO – PRIMEIRO PLANO DAS CABEÇAS DO CASAL. PERFIL. SLOW.

 Câmera acompanha o movimento. Mulher se aproxima do homem. Veem-se os rostos aproximando-se para um beijo. Narizes se roçam, lábios quase se tocam, rostos se movimentam, narizes se tocam, lábios quase se tocam, dinâmica pré-beijo... Lábios se tocam suavemente.

CORTA.

- **CENA 12 – INT. SALA – DIA.**
PLANO 53 – PRIMEIRO PLANO FRENTE ROSTO DO HOMEM

Homem está com o cotovelo direito no braço direito da poltrona, com a mão segurando o queixo, olhando para o lado, olhando "pro infinito". Olhos fixos. Passa os dedos na boca.

HOMEM (sorrindo): "Foi então que nos beijamos pela primeira vez... Em meados de 1820... Em Berkovica, na Bulgária".

FADE-OUT.

FIM.

PLANO 52 – 3ª VERSÃO – VERSÃO DO DIRETOR – PRIMEIRO PLANO DAS CABEÇAS DO CASAL. PERFIL. SLOW.

Câmera acompanha o movimento. Mulher se aproxima do homem. Veem-se os rostos aproximando-se para um beijo. Narizes se roçam, lábios quase se tocam, rostos se movimentam, narizes se tocam, lábios quase se tocam, dinâmica pré-beijo... Lábios se tocam, beijo vagaroso, lábios se descolam, beijo novamente, beijo intenso. *ZOOM OUT.*

CORTA.

PLANO 53 – PRIMEIRO PLANO FRENTE ROSTO DO HOMEM

Homem está com o cotovelo direito no braço direito da poltrona, com a mão segurando o queixo, olhando para o lado, olhando "pro infinito". Olhos fixos. Passa os dedos na boca.

HOMEM (sorrindo): "Foi então que nos beijamos pela primeira vez... Em meados de 1820... Em Berkovica, na Bulgária".

FADE-OUT.

FIM.

• "Volk" •

*Baseado no conto homônimo de
Gisela Biacchi Emanuelli
(2º tratamento)*

FADE-IN.

- **CENA 1 — INT. SALA PRÓXIMO ÀS JANELAS, CORTINAS SEMIABERTAS — DIA.**
PLANO 1 — PA CONTRAPICADO.

Ania caminha de um lado a outro mordendo a ponta do polegar, mão fechada olhando para o chão. Tensa.

- **CENA 2 — INT. QUARTO DE DORMIR — NOITE.**
PLANO 2 — MPP, 45º. PICADO.

Ania em sua cama. Gira de um lado para o outro.

PLANO 3 — MPP, *ZOOM-IN* PP.

Ania aparece com a testa suada. Ania ofegante. Ania entreabre os olhos, revira-os na órbita.

INSERT — PLANO 3A — PLANO FECHADO.

Lobos brigam por um pedaço de carne. Lobos rosnam na briga.

PLANO 3B — PD OLHOS DE ANIA.

Ania olha à direita.

PLANO 4 — PV DE ANIA.

Ania olha à direita e vê os olhos de Volk no escuro do quarto. Volk está parado olhando para ela. Fecha os olhos.

FADE-OUT.

FADE-IN.

- **CENA 3 — INT. QUARTO DE DORMIR — DIA.**
PLANO 5 — MPP, CÂMERA FIXA, PLANO FECHADO,

Ania se levanta. Ania geme. Câmera fixa, Ania passa em frente à câmera. Veem-se marcas vermelhas no braço, nas pernas.

(*OFF SCREEN*) PORTA SE ABRE.

(O.S.) Ania. "Prepare meu banho. Avise o Dr. Pjotr Grigoryan que irei vê-lo em uma hora".

PLANO 6 — PM, DIAGONAL 45º. MOSTRA ANIA DE SEMIPERFIL E SUA IMAGEM NO ESPELHO.

Ania se olha no espelho e observa os vergões vermelhos em seu corpo. Ania expressa dor. Volk se aproxima. Ania afaga o dorso e a cabeça de Volk.

PLANO 7 — PLANO FECHADO NO CACHORRO.

Volk roça nas pernas de Ania. Volk grunhe. Ania se afasta. Pernas de Ania se afastando, Ania desfocada, foco em Volk.

- **CENA 4 — INT. QUARTO DE BANHO — DIA.**
PLANO 8 — PV DE VOLK. CONTRA DE ANIA.

Ania caminha em direção ao banheiro. Ania passa pela porta do banheiro.

PLANO 8A – PM BANHEIRO PARA A PORTA. CAM. ANTES DA BANHEIRA.

Ania entra no banheiro. Ania em primeiro plano. Câmera muda o foco de Ania para Volk, que está ao fundo, olhando para Ania. Ania passa pela CAM.

• CENA 5 – INT. QUARTO DE BANHO – DIA.
PLANO 9 – PV DE VOLK.

Ania caminha até a banheira. Ania para ao lado da banheira. Despe-se. Vê-se a camisola cair no chão. Veem-se as pernas de Ania. Veem-se as pernas entrando na banheira.

PLANO 10 – PLANO ABERTO DE VOLK.

Volk está na porta do banheiro, olhando em direção a Ania.

PLANO 11 – PA. ANIA.

Ania descansa a cabeça na banheira. Ania olha para Volk. Ania coloca o braço para fora da banheira e meneia a mão chamando Volk.

PLANO 12 – PA. VOLK.

Volk caminha em direção a Ania.

PLANO 13 – PLANO MÉDIO ANIA E VOLK.

Volk está ao lado da banheira. Ania acaricia Volk.

PLANO 14 – PLANO FECHADO EM VOLK,

Veem-se o braço e a mão de Ania acariciando Volk. Volk se deita no tapete ao lado da banheira. Vê-se Ania acariciando Volk.

CENA 6 – INT. CONSULTÓRIO MÉDICO – DIA.
PLANO 15 – PA, CONTRAPICADO, SEMIPERFIL (45º).

(Voz Ania) "É que eu preciso dele, doutor Grigoryan. Ele é meu guardião. Deixaram-no ainda bebê na porta da minha casa e, desde então, durmo melhor com ele no meu quarto. Ultimamente, Volk tem saído de casa e me deixa preocupada. Talvez isso esteja me deixando mais agitada à noite".

• CENA 7 – EXTERNA DA PORTA DA CASA DE ANIA – DIA.
PLANO 16 – PLANO MÉDIO.

Uma trouxa de panos com um cachorrinho no meio.

PLANO 17 – MPP.

Porta se abre. ENTRA cabeça de Ania para fora da porta. Ania tem uma alegre surpresa.

• CENA 8 – INT. CONSULTORIO MÉDICO – DIA.
PLANO 18 – PLANO MÉDIO.

Doutor Grigoryan olha sobre os óculos de grau para Ania enquanto escreve a receita.

(Voz Dr. Piotr Grigoryan) "Vou receitar-lhe um tranquilizante, caso não consiga dormir. Recomendo que mantenha o animal do lado de fora da casa Srta. Ania, para evitar crises alérgicas".

• CENA 9 – EXT. PORTA DO CONSULTÓRIO – DIA.

(INSERT) Uma noite sobre o monte Calvo de Mussorgsky para sequência de cenas de ventania

PLANO 19 – MPP DE ANIA. FRONTAL.

Ventania. Céu cinza. Folhas voando. Ania olha panorâmico, segura seu chapéu.

PLANO 20 – TILT PARA VOLK.

Volk está na coleira. Ania segura a correia.

(VOZ Ania). "Vamos, Volk".

Volk não se move. Ania insiste e passam à calçada.

• CENA 10 – EXT. CALÇADA – DIA.
PLANO 21 – PLANO FECHADO NA ALTURA DAS PERNAS DE ANIA.

Ania segue pela calçada levando Volk pela coleira. Vento. Folhas, papéis são arrastados pelo vento. Vê-se a saia de Ania animada pelo vento. Vê-se Volk.

PLANO 22 – PLANO PICADO.

Muito vento. Ania segura o chapéu com uma mão e com a outra Volk. Ania está com dificuldade de se deslocar. Volk inquieto.

PLANO 23 – CONTRAPICADO, MPP, ANIA.

Ania olha para o céu, segurando o chapéu. Olha para baixo, tentando controlar Volk.

PLANO 24 – PLANO MÉDIO.

Volk revolta-se na coleira, insiste em se soltar.

(VOZ Ania) "Ai... está na hora da sua escapadinha, não é? Mas hoje não, Volk. Não vê? Vai cair aquela tormenta! Vai chover, Volk! Hoje não!".

Volk puxa a coleira. Volk insiste em fugir.

PLANO 25 – PRIMEIRÍSSIMO PLANO (PPP).
Ania brava, falando com Volk, que olha para baixo.

(VOZ Ania) "Não, Volk! Não!".

PLANO 26 – PLANO MÉDIO.
Volk late. Volk enfurecido. Volk puxa a correia. Volk grunhe, rosna. Volk se solta de Ania.

PLANO 27 – PV DE ANIA.
Ania, parada, olha para Volk se distanciando pela rua.

(VOZ Ania) "Volk! Volk!".

PLANO 28 – CONTRA.
Ania segue correndo para casa. Ania corre segurando o chapéu.

• CENA 11 – INT. SALA DE CASA.
PLANO 29 – PLANO ABERTO.
Ania preocupada, olhando o céu pela vidraça. Ania anda pela sala. Ania escuta um rosnado.

PLANO 30 – PRIMEIRÍSSIMO PLANO.

Ania olha com estranheza para o canto escuro da sala de onde pensa vir um rosnado de Volk.

PLANO 31 – PLANO FECHADO NO CANTO DA SALA.

Mostra um canto escurecido da sala.

PLANO 32 – PRIMEIRO PLANO.

Ania sente que se enganou. Ania franze o cenho, vasculha a sala com os olhos. Meneia a cabeça fazendo um "não".

(*INSERT*) PLANO FECHADO NA CARA DE VOLK.

PLANO 33 – PLANO DETALHE.

Olhos de Volk. Olhos de Volk rosnando. Câmera fixa, SAI Volk.

FADE OUT.

FADE IN.

- ## CENA 12 – QUARTO DE DORMIR.
PLANO 34 – PLANO DETALHE.

Olhos fechados de Ania. Ania está na cama. Olhos fechados se revolvem na órbita. Ania se mexe, vira-se.

PLANO 35 – PLANO DETALHE.

Orelha de Ania. *ZOOM IN.*

(INSERT) Sussuros.

FADE OUT.

FADE IN.

(INSERT) BOCA DE LOBO.

PLANO 36 – PD LATERAL BOCA DE LOBO. BABA.

(INSERT) Carne vermelha sendo comida por lobo.

(VOZ) Som de substâncias viscosas, gosmentas.

CORTA.

- **CENA 13 – INT. ANIA. QUARTO DE ANIA – NOITE.**

(INSERT) Tocatta e Fuga em Ré Menor de Johann Sebastian Bach

PLANO 37 – PRIMEIRÍSSIMO PLANO, PICADO.

Rosto de Ania. Ania se revolve na cama. *Travelling* pelo corpo de Ania. Câmera segue por colo, tronco, pernas suadas, mostra vergões, pés.

FADE OUT.

FADE IN.

- **CENA 14 – INT. MESA DA SALA DE JANTAR – DIA**
PLANO 38 – PLANO ABERTO, CONTRAPICADO, 45º À FRENTE.

Ania toma seu desjejum. Ar cansado. Olha fixamente para a mesa enquanto leva a xícara aos lábios. Ania pousa a xícara no pires. Ania levanta-se bruscamente e caminha em direção à câmera. Passa pela câmera.

- **CENA 15 – INT. VESTÍBULO DA CASA – DIA NUBLADO CHUVOSO.**

(INSERT) "Requiem", de Mozart, para as cenas 15 e 16.

PLANO 39 – CONTRA.

Ania está no vestíbulo. Câmera está na escada da casa. Ania agarra seu casaco e o guarda-chuva e precipita-se à porta.

PLANO 40 – PLANO FECHADO, CONTRA.

Ania abre a porta. Vê-se a cabeça de Ania e, à sua frente, um homem, com cabelos molhados da chuva.

PLANO 41 – PRIMEIRÍSSIMO PLANO, FRENTE.

Ania se assusta.

PLANO 42 – PV DE ANIA.

Homem parado, braços ao longo do corpo, cabeça levemente abaixada, olhos fixos em Ania, sorriso perturbador.

PLANO 43 – PRIMEIRO PLANO, PERFIL ANIA.

Ania fecha a porta, assustada. Fica parada. Respiração ofegante. Volta a abrir lentamente a porta. Ania olha pela fresta, apreensiva. Ania leva a mão à boca em surpresa. Ania abre a porta.

PLANO 44 – PV

Não há ninguém.

PLANO 44A – EXT. PLANO GERAL DA CASA.

Câmera mostra a fachada da casa com Ania precipitando-se à porta. *ZOOM OUT*, CAM. mostra fachada da casa, calçada, rua. Não há ninguém.

FADE-OUT.

FADE-IN.

- **CENA 16 – EXT. CALÇADA – DIA.**

PLANO 45 – PLANO ABERTO, ANIA À PORTA DE CASA.

Ania sai de casa.

PLANO 46 – PLANO CONJUNTO (CASA, CALÇADA, ANIA, PESSOAS).

Ania segue pela calçada sob chuva fina. Passa pelas pessoas.

PLANO 47 – PLANO MÉDIO.

Ania passa aflita. Ania chama por Volk.

PLANO 48 – PLANO FECHADO NOS PÉS

Ania caminha rápido. Os sapatos pisam a calçada úmida. (INSERT) Som de passos em poças d'água.

• CENA 17 – EXT. CALÇADA SUBÚRBIOS – DIA CHUVOSO/ SOMBRIO.

(INSERT) "Dança dos Cavaleiros", de Prokofiev, para cenas 17 e 18.

PLANO 48 – PLANO FECHADO ROSTO DE ANIA.

Ania aflita chama por Volk. Ania Sai.

PLANO 49 – CÂMERA GIRA E POSICIONA-SE CONTRA, PLANO CONJUNTO.

Ania segue pela calçada. Veem-se Ania afastando-se, a calçada, as casas.

PLANO 50 – PLANO CONJUNTO, CONTRA.

Ania para.

PLANO 51 – PLANO MÉDIO, FRENTE.

Ania ofegante. Ania com medo. Ania olhando para o ambiente, intimidada. Ania arrepia. Ania treme.

(VOZ Ania) "Volk...".

PLANO 52 – PRIMEIRO PLANO.

Ania olha para a esquina. CORTA.

PLANO 53 – PLANO CONJUNTO.

Um homem, parado na esquina, sob a chuva, olhando para Ania e com sorriso perturbador.

PLANO 54 – PLANO MÉDIO.

Um homem parado olhando com sorriso perturbador.

PLANO 55 – MEIO PRIMEIRO PLANO.

Ania com muito medo, arrepio. Olhos apavorados. Ania vê o homem e sai correndo.

(VOZ Ania) "Volk!".

PLANO 56 – PLANO ABERTO. CÂMERA FIXA. CONTRA.

Ania correndo pela calçada.

(VOZ Ania) "Volk!".

PLANO 57 – PRIMEIRÍSSIMO PLANO, PERFIL DO HOMEM.

Homem olhando Ania, com sorriso perturbador. Sai correndo.

PLANO 58 – PRIMEIRO PLANO, CONTRA.

Ania correndo. Câmera na mão contra, Ania olha para a câmera enquanto corre.

CORTA.

PLANO 59 – PLANO MÉDIO, FRONTAL.

Homem correndo com sorriso perturbador. Homem corre em direção à câmera.

PLANO 60 – PRIMEIRÍSSIMO PLANO, CONTRA.

Ania correndo e olhando para trás. Ania com lágrimas. Ania ofegando.

PLANO 61 – PLANO MÉDIO, 45º FRONTAL.
   Homem correndo com sorriso perturbador.

• CENA 18 – EXT. RUA – ANOITECENDO OU NOITE.
PLANO 62 – PLANO MÉDIO, CONTRA.
   Ania correndo, cansada, encosta a mão na parede, ofega, olha para trás.

PLANO 63 – PPP, CONTRA.
   Ania olha para trás ofegante e cansada, com lágrimas.

PLANO 64 – PLANO CONJUNTO, CONTRA.
   Em uma esquina, Ania apoia-se na parede, ofegante.

PLANO 65 – PLANO CONJUNTO.
   Ania vira a esquina.

PLANO 66 – PLANO ABERTO. CÂMERA NO FUNDO DO BECO MOSTRA A ENTRADA DO BECO. FUNDO ESCURO, ENTRADA CLARA. MOSTRA SILHUETA DE ANIA ENTRANDO.
   Ania corre cansada em direção ao fundo do beco.

   (VOZ Ania) "Volk!", Ania fala com voz chorosa e soluçando.

PLANO 67 – PLANO ABERTO.
   Ania corre aos tropeços, em direção ao fim do beco, em direção à câmera.

   (VOZ) Soluços e choro.

PLANO 68 – CÂMERA FIXA.
Ania passa pela câmera soluçando e espalma a parede

PLANO 69 – PPP CONTRA.
Ania espalma a parede.

(VOZ Ania) choro e soluços. "Volk!", soluços.

PLANO 79 – MEIO PRIMEIRO PLANO.
Ania se volta de costas para a parede, chorando e soluçando. Olhos fechados.

PLANO 80 – PLANO CONJUNTO, A PARTIR DO FUNDO DO BECO, A CÂMERA MOSTRA A ENTRADA DO BECO.
Silhueta de Volk.

PLANO 81 – PPP FRENTE.
Ania, de costas para a parede, desesperada, abre os olhos. Ania vê a silhueta de Volk. Ania sorri.

(VOZ Ania) "VOLK!", com alegria.

PLANO 82 – PLANO ABERTO.
Volk corre em direção a Ania.

PLANO 83 – MEIO PRIMEIRO PLANO.
Encostada na parede, Ania vai descendo até o chão, rindo, olhos fechados.

PLANO 84 – PLANO AMERICANO LATERAL.

    Ania sentada, rindo. Entra Volk. Volk no colo de Ania. Volk lambe o rosto de Ania. Ania ri.

    (VOZ Ania) "Volk!".

FUSÃO.

PLANO 85 – MEIO PRIMEIRO PLANO LATERAL.

    Ania feliz, Volk lambe-lhe o rosto.

FUSÃO.

PLANO 86 – PRIMEIRO PLANO LATERAL.

    Ania feliz, Volk lambe-lhe o rosto. Ania move o rosto de um lado para o outro.

FUSÃO.

PLANO 87 – PRIMEIRÍSSIMO PLANO LATERAL.

    Ania feliz, Volk lambe-lhe o pescoço. Volk lambe-lhe a orelha.

CORTA.

PLANO 88 – MOSTRA OS DENTES, A LÍNGUA, A BABA DE VOLK.

CORTA.

PLANO 89 – PPP LATERAL 45.

Boca sorridente de Ania. Ania regozija-se com os olhos fechados. Entra cabeça de homem. Mostra apenas o cabelo.

PLANO 90 – PD.

Cabeça vira e mostra boca de homem beijando e lambendo o pescoço de Ania. Lambe e beija o pescoço de Ania lentamente.

PLANO 91 – PRIMEIRÍSSIMO PLANO PICADO.

Ania abre os olhos. Vê o que está acontecendo. Tem olhar de nojo e de pavor.

CORTA.

PLANO 92 – PRIMEIRÍSSIMO PLANO CONTRAPICADO.

Homem olha para Ania (CAM). Homem olha fixo e dá um sorriso perturbador.

CORTA.

PLANO 93 – PD BOCA DE ANIA.

Ania começa a dizer "Volk". Antes de terminar a palavra "Volk", entra boca do homem. Homem morde o lábio de Ania. Verte um pouco de sangue do lábio.

PLANO 94 – PD OLHOS DE ANIA.

Ania abre os olhos assustada.

PLANO 95 – PRIMEIRÍSSIMO PLANO PERFIL.

Homem lambe os lábios de Ania.

(VOZ) "Grunhido".

PLANO 96 – PD BOCA DO HOMEM.
Homem sorri num sorriso perturbador.

FADE OUT.

FIM.

• "Conto voraz" •

*Baseado no conto homônimo de
Gisela Biacchi Emanuelli*

FADE IN.

• CENA 1 – EXTERNA. NOITE. CALÇADA.
PLANO 1 – CÂMERA (CAM.) 45º CALÇADA E PAREDE. TRAVELLING (TRAV.) EM PLANO MÉDIO (PM).

(*OFF SCREEN*) Voz masculina. "Todas as noites são iguais".

PLANO 2 – TRAV. PARA PICADO (PIC). PONTO DE VISTA (PV) NOS PÉS. CÂMERA SUBJETIVA.

Câmera subjetiva para os pés do homem, com coturnos pretos, caminhando. Homem caminhando, olhando os pés.

(*OFF SCREEN*) Respiração. "Uma fome indizível o acompanha. Assim são todas as noites".

PLANO 3 – CÂMERA SUBJETIVA.

Câmera olha para os pés. Mostra calçada úmida. Reflexos de luzes nas poças d'água.

PLANO 4 – PLANO FRONTAL DA CALÇADA E PAREDE. 45º. *TRAVELLING* (TRAV.).

Cam. Trav. mostra as saliências da calçada úmida, os sulcos, o ângulo da parede com a calçada, a parede das construções.

PLANO 5 – PLANO MÉDIO (PM) DA PAREDE E CALÇADA. TRAV.

Câmera mostra a sombra do homem caminhando, contornando as reentrâncias da calçada úmida e da parede.

(OFF SCREEN) Som de passadas.

PLANO 6 – TRAV. PELO CORPO DO HOMEM.
Cam. Trav. pelo corpo, dos pés até o rosto do homem.

PLANO 7 – PLANO DETALHE (PD).
Plano detalhe perfil. Homem fecha os olhos com força. Como se algo lhe doesse.

PLANO 8 – PD.
Plano detalhe perfil da boca. Homem arreganha os dentes, demonstrando dor.

(VOZ) "Gemido".

PLANO 9 – TRAV. PELO CORPO DO HOMEM.
Cam. Trav. até a cintura. Homem caminhando aperta o cinto, mão aperta o estômago. Homem andando pela calçada com dor no estômago.

(OFF SCREEN) Passos e voz masculina. "Essa maldição que me consome a cada fim de dia".

(VOZ) "Gemido forte".

CORTA.

• CENA 2. EXTERNA. NOITE. RUA.

PLANO 10 – PANORÂMICA (PAN.) DO HORIZONTE.
No horizonte, o crepúsculo prenuncia o amanhecer. Revolução de nuvens.

FUSÃO GRADUAL. PLANO 10 SUCEDIDO PELO PLANO 11.

PLANO 11 – PLANO ABERTO FRONTAL.

Cam. frontal de um prédio de esquina. Imagem sombria evidencia janelas no segundo andar do prédio com cortinas em movimento.

PLANO 12 – CÂMERA FIXA. PA. ENTRA HOMEM.

Homem ENTRA em cena caminhando em direção ao prédio. Homem *tail away* em ângulo da nuca. Homem segue em direção ao prédio.

CORTA.

PLANO 13 – CÂMERA FIXA. PRIMEIRÍSSIMO PLANO (PPP).

Câmera em PPP ENTRA homem atravessando a rua. Homem para. Homem olha para cima em direção às janelas. Luzes apagadas na janela.

CORTA.

PLANO 14 – PLANO MÉDIO (PM). CONTRAPICADO.

Câmera subjetiva mostra as janelas no primeiro andar. Cortinas de *voil* se agitam levemente para fora. Luzes apagadas na janela.

CORTA.

PLANO 15 – CÂMERA FIXA. PPP.

Câmera foca perfil da cabeça do homem. Homem parado, olhando as janelas. Homem inicia a caminhada em direção à porta do prédio. Homem vai se afastando da câmera em direção à porta. Cam. Fixa. Homem *tail away* em ângulo de nuca.

- **CENA 3. ALPENDRE. NOITE.**

PLANO 16 – CAM. FIXA. PA. FRONTAL.
Homem entrando pela porta do prédio.

- **CENA 4. INTERNA. LOBBY DO PRÉDIO E ESCADA.**

PLANO 17 – CAM. FIXA. PERFIL. PLANO FECHADO (PF).
Homem entra. Câmera mostra as pernas e pés do homem. Caminha passando pela câmera.

FUSÃO. PLANO 17 SUCEDIDO PELO PLANO 18.

PLANO 18 – CAM. CONTRAPICADO.
Homem sobe escada olhando para baixo.

FUSÃO. PLANO 18 SUCEDIDO PELO PLANO 19.

PLANO 19 – CONTRAPICADO.
Homem sobe escada. Olha para cima.

PLANO 20 – PLANO FECHADO (PF) NA MÃO.
Mão do homem parada segura o corrimão de madeira com força.

(VOZ). "Respiração".

PLANO 21 – CAM. SUBJETIVA. PF.
    Câmera foca na mão do homem e olha para a porta do apartamento no topo da escada.

PLANO 22 – CAM. FRONTAL. MEIO PRIMEIRO PLANO (MPP). HEAD-ON.
    Câmera na posição da porta. Homem subindo pela escada em direção à câmera. Homem subindo olhando para a câmera.

• CENA 5. INTERNA. APARTAMENTO.

PLANO 23 – CÂMERA FIXA. MPP.
    Câmera à porta, do lado de dentro do apartamento. Homem entra no apartamento. Homem passa pela câmera.

PLANO 24 – CÂMERA FIXA.
    Homem entra pelo apartamento e se afasta da câmera. *Tail away*, homem adentrando e desaparecendo na escuridão do apartamento.

PLANO 25 – PA. HOMEM ENTRA.
    Câmera mostra a sala vazia, a janela aberta, luz da lua no chão. Homem entra e caminha em direção à janela. Homem sobe na janela e senta no parapeito, com os joelhos flexionados.

• CENA 6. JANELA.

PLANO 26 – PRIMEIRO PLANO (PP). PERFIL.
    Câmera mostra homem vendo a rua, olha para os lados, observa a noite. Homem olha fixamente para o nada. Homem sente dor. Luz leve do amanhecer começa a aparecer no rosto do

homem. Homem fecha os olhos, retesa o rosto. Homem vira-se e vai para dentro do apartamento.

• CENA 7. INTERNA. APARTAMENTO.
PLANO 27 – PA. CAM. FIXA.

Câmera foca luz da lua no chão, sala e porta de cômodo. Homem ENTRA, passa pela câmera em direção à porta do cômodo. Homem está com expressão aflita.

• CENA 8. INTERNA. QUARTO.
PLANO 28 – PA.

Câmera mostra o quarto a partir da porta. O quarto está vazio. Ao fundo, uma mulher está deitada em uma cama de costas para a câmera.

PLANO 29 – TRAV.

Câmera foca na mulher. TRAV. até a mulher. Continua TRAV., subindo pela parede até o teto. Câmera em posição contrária continua TRAV. pelo teto até encontrar o homem. A imagem do homem aparece ao contrário (ponta-cabeça).

PLANO 30 – PLANO MÉDIO

Câmera ao contrário mostra homem parado. Olhar fixo para frente. Sombrio.

PLANO 31 – PLANO MÉDIO

Câmera gira em seu eixo vagarosamente para posição normal. Homem começa a caminhar vagarosamente em direção à câmera, que vai se afastando à medida que ele avança.

• CENA IX – INTERNA. CAMA.

PLANO 32 – PLANO MÉDIO. PERFIL.

Homem entra. Aproxima-se da cama e fica em pé, parado, olhando para a mulher, que está de costas.

PLANO 33 – PLANO FECHADO. PERFIL.

Homem entra, inclina-se apoiando as mãos na cama e sente o perfume da mulher. Fecha os olhos. Aperta os olhos, contorce a boca.

(VOZ. HOMEM SUSSURRA) "Uma noite a menos, *meine liebe*".

PLANO 34 – PLANO FECHADO. PERFIL.

Câmera em perfil do rosto do homem mostra-o de olhos apertados, como se sentisse dor. Boca contorcida de dor.

PLANO 35 – PLANO FECHADO. PERFIL. TRAV.

Câmera TRAV. a partir do rosto. Olhos fechados. Câmera desce pelo ombro, braço, até as mãos, que estão fechadas, segurando com força o lençol.

FADE-OUT.

Várias imagens surgem do homem com dor, contorcendo-se de dor.

FADE-IN.

PLANO 36 – PLANO DETALHE (PD). *OVER SHULDER* DO HOMEM.

Câmera mostra mulher de costas. Mulher desperta e se vira lentamente em direção à câmera. Mulher olha para o homem. Homem mais atrás da câmera. Mulher sorri.

PLANO 37 – PLANO FECHADO. PERFIL.

Câmera mostra o rosto do homem contorcido. Entra a mão da mulher, que a pousa na face do homem. Leva a mão aos cabelos dele. Dedos entre as mechas de cabelo dele.

PLANO 38 – PLANO DETALHE.

Câmera foca a mão do homem. Homem pousa sua mão no quadril da mulher.

PLANO 39 – PLANO DETALHE.

Câmera foca o braço arrepiado da mulher. TRAV. pelo braço arrepiado.

PLANO 40 – PLANO CONJUNTO (PC) DO CASAL. PERFIL.

Homem se levanta e tenta se afastar. Mulher detém-no pelo braço. Sorrindo com ternura, mulher puxa o homem contra si.

PLANO 41 – PLANO DETALHE. PERFIL.

Homem aproxima-se para beijar a mulher. Câmera foca na boca do homem se aproximando da mulher. Boca do homem treme. Bocas muito próximas. Mulher se aproxima e beija a boca trêmula do homem.

PLANO 42 – PLANO CONJUNTO DO CASAL. PICADO.

Homem abraça a mulher na cama.

PLANO 43 – PLANO DETALHE. PELE DA MULHER.

Câmera mostra a pele da mulher arrepiada. TRAV. pela perna, pelo quadril, dorso.

PLANO 44 – PLANO FECHADO DO CASAL.

Homem em desespero, iniciando um choro. Mulher olha para o homem. Mulher sorri e afaga os cabelos do homem.

MULHER FALA SUAVEMENTE: "Tudo vai ficar bem".

PLANO 45 – PLANO FECHADO DO CASAL.

Homem abraça a mulher, beija-lhe a boca, afaga-lhe os cabelos, desliza seus lábios pelos ombros dela em direção ao pescoço. Beija-lhe o pescoço. Mulher abraça o homem e o contém em seu abraço.

PLANO 46 – PLANO DETALHE BOCA DO HOMEM.

Homem beija o pescoço da mulher. Morde-o.

PLANO 47 – PLANO CONJUNTO DO CASAL. TRAV.

Câmera foca no casal e afasta-se.

FADE-OUT.

FIM.

Glossário para[41] novos cineastas

Ângulo frontal: câmera na linha do nariz.

Ângulo ¾: câmera a 45° da linha do nariz.

Ângulo perfil: câmera a 90° do nariz, que estará à esquerda ou ài direita.

Ângulo de nuca: câmera em linha reta contra a nuca.

Ângulo fora de quadro ou extraquadro: cena que não está sendo mostrada pela câmera, mas que pode ser imaginada pelo espectador.

Câmera objetiva: câmera foca terceira pessoa.

Câmera subjetiva: câmera é personagem.

Contrapicado: nesse plano, a câmera está oblíqua ao objeto filmado, mostrando-o de baixo para cima.

Corte: o plano 1 é imediatamente sucedido pelo plano 2.

---

41 www.primeirofilme.com.br

Cut in: plano 2 mais fechado, mostrando parte do plano 1.

Cut away: imagem do plano 2 não pertence, nem está contida, no plano 1.

Fade-out* e *fade-in: no fim de um plano, a imagem escurece (fade-out). Ou, no começo de um plano, a imagem surge do negro (fade-in).

Fusão: o plano "A" é sucedido pelo plano "B" de forma gradual.

Head-on: alguém ou alguma coisa vai de encontro à câmera.

MPP (meio primeiro plano): foco da cintura para cima.

PA (Plano aberto) [long shot]: plano de ambientação, câmera distante do objeto.

Pan (panorâmica): câmera movimenta-se em seu eixo no plano horizontal.

Pam (plano americano): a figura humana é focada do joelho para cima.

Picado: a câmera fica posicionada em ângulo oblíquo em relação ao objeto mostrado. De cima para baixo.

PC (plano conjunto): plano aberto, mas as pessoas ficam maiores, sendo possível distinguir-lhes o rosto.

PD (plano detalhe): mostra apenas parte do objeto ou pequenos objetos da cena. Detalhes do corpo, do rosto, do ambiente.

PM (plano médio): câmera a uma distância média do objeto. É um plano de posicionamento e movimentação. Ainda há espaço ao redor do objeto, acima da cabeça e abaixo dos pés, por exemplo.

PF (plano fechado) [*close-up*]**:** câmera próxima ao objeto de modo que ele ocupe quase todo o espaço da cena. Plano de intimidade ou de expressão.

PG (plano geral): imagem bastante aberta. As pessoas e as coisas são meros detalhes na cena; muito usado em tomadas externas ou internas espaçosas.

PP (Primeiro Plano) [*close*]**:** foco do peito para cima.

PPP (primeiríssimo plano) [*big close*]**:** foco dos ombros para cima.

Pull back: plano 2 mais aberto, mostrando o que o plano 1 já mostrara.

PV: ponto de vista por meio da câmera.

Tail away: alguém ou alguma coisa afasta-se da câmera.

Trav (*Travelling***):** câmera desloca-se na mão do operador sobre um carrinho.

Tilt: câmera movimenta-se em seu eixo na vertical.

Zoom-in/zoom-out: câmera aproxima e afasta a imagem.

FONTE: Garamond

#Novo Século nas redes sociais